Sur l'auteur

Originaire de Porto Rico, Gabino Iglesias vit à Austin, Texas. Professeur, journaliste pour LitReactor et rédacteur en chef des critiques littéraires pour le magazine *Pank*, il publie un premier roman en 2012, *Gutmouth*, avant de se lancer dans le roman noir. Jerry Stahl l'a surnommé « le Palahniuk du *barrio* », et Gabino Iglesias est reconnu comme l'un des spécialistes les plus pointus du roman noir. *Santa Muerte* est son premier roman publié en France.

GABINO IGLESIAS

SANTA MUERTE

Un barrio *noir*

Traduit de l'anglais (États-Unis)
par Pierre Szczeciner

10/18

SONATINE

Titre original :
Zero Saints

Éditeur original : Broken River Books

ISBN 978-2-264-07742-4
Dépôt légal : avril 2021

Para Gabi, el niño mágico

1

Roberto Roena
Coffre puant – Baisé
La sainte faux effilée
Prier – Pupilles envahies par l'obscurité
Décapitation
Santa Muerte

Ils m'ont fracassé le crâne par-derrière, ces enfoirés. Ils s'attendaient sûrement à ce que je m'écroule comme une masse, mais si le coup était puissant, il manquait de précision. On ne peut pas réussir un K-O chaque fois. Certaines personnes ont la tête très dure. Et à cause de ce putain d'iPod qui m'avait empêché de les entendre arriver, je savais désormais que c'était mon cas.

Je suis tombé à genoux et je me suis roulé en boule pour me protéger, mais c'était terminé. Il y a eu un grognement de surprise ou de frustration, assez fort pour que je l'entende par-dessus la musique dans mes oreilles – ah, les cloches magiques du percussionniste Roberto Roena !

Une main m'a attrapé la nuque pour m'immobiliser pendant que trois autres galopaient sur moi comme des cafards en panique, récupérant le flingue que j'avais à la ceinture, extirpant mon portable et mes clés de ma poche droite, puis m'arrachant mes écouteurs d'un coup sec.

Mon cerveau enfin débranché, j'ai entendu une voiture s'arrêter à côté de moi dans un ronronnement de fauve. J'ai réussi à tourner légèrement la tête.

Gros modèle.

Carrosserie bleue.

Crade.

Des jantes à rayons dans lesquelles se reflétaient trois paires de jambes à la lueur orangée d'un réverbère – deux shorts et un treillis. Six rotules que je me serais fait un plaisir de briser.

Le hayon s'est péniblement soulevé de quelques centimètres, comme un gros qui essaye de faire une pompe. Les types m'ont tiré vers l'arrière de la voiture en me maintenant toujours la tête baissée. J'ai hésité à balancer un direct dans les couilles du plus proche. Mais même si ça suffisait à le mettre hors d'état de nuire, il en resterait encore deux, sûrement armés, sans compter celui ou ceux qui se trouvaient dans la voiture. Les probabilités n'étaient pas en ma faveur.

Les charnières du coffre ont couiné comme un porc qu'on égorge, puis les mains m'ont balancé à l'intérieur avant de refermer brutalement le battant.

Mon genou droit a craqué, mon cerveau s'est rempli de bruit blanc, et la porte du coffre s'est relevée aussi vite qu'elle s'était baissée, dans un grognement qui a fait écho à celui qui s'échappait de ma gorge. *Hija de puta*. Je me suis recroquevillé comme j'ai pu en position fœtale et j'ai levé la tête. L'espace d'une seconde, j'ai aperçu deux types, leurs visages, deux masques noirs dans le peu de lumière. L'un portait un tee-shirt blanc. Il s'est penché au-dessus de moi et, à deux mains, il a à nouveau refermé le battant.

BLAM !

Cette fois, ça a marché. Après ça, l'obscurité. La voiture s'est mise à rouler, sans faire crisser les pneus.

J'avais la tête qui bourdonnait. J'ai essayé d'avaler

de grandes goulées d'air tiède, mais il n'y avait pas assez d'oxygène pour moi dans ce coffre. Ma poitrine ne pouvait pas se gonfler correctement. J'étais coincé, pris au piège, bloqué. La panique s'est emparée de moi. La mort était plus proche que jamais. Ces enculés m'avaient pris au dépourvu. Ils avaient mon flingue. J'étais mort. Mort sans avoir pu dire au revoir à ma mère.

C'est alors que je me suis souvenu qu'on était au Texas et pas au Mexique. À Austin, on ne se fait pas descendre en pleine rue. On ne retrouve pas des cadavres pendus à des ponts ou découpés en petits morceaux dans des valises, sur le bord de la route. Personne ne reçoit de colis par la poste avec une tête à l'intérieur. Même si la plupart des politiciens le mériteraient, les *narcos* ne les attendent pas à la sortie du bureau pour les kidnapper ou leur vider deux chargeurs dans la gueule. Non, c'est une ville civilisée, remplie d'étudiants et de hipsters qui rêvent de devenir artistes et dont la plus grande crainte est de se brûler la langue avec leur expresso du matin. En plus, les enfoirés qui m'avaient attaqué étaient hispaniques. S'ils avaient voulu me tuer, ils l'auraient déjà fait. En tout cas, ils ne se seraient pas fatigués à m'assommer et à me kidnapper. Ça, c'est un truc de Blancs. Avec nous, c'est une balle dans la tête et *buenas noches*. Non, c'était autre chose.

Je me suis forcé à prendre une longue inspiration et à me concentrer.

À la deuxième inspiration, j'ai su ce que j'avais à faire.

J'ai fermé les yeux et je me suis mis à prier la Santa Muerte, ma divine protectrice, pour qu'elle m'apporte son aide et ses conseils.

« Dame blanche, Dame noire, à genoux je te demande, je te supplie, je t'implore de faire ressentir ta force, ta puissance et ton pouvoir absolu à ceux qui veulent me détruire. »

Je me sentais mieux, plus calme, plus éveillé. J'ai continué, et les mots qui s'échappaient de ma bouche ont emporté un peu de ma peur.

« Préserve-moi du mal, de ta faux bienveillante déjoue les embûches qui se dressent devant moi, et ouvre-moi les portes pour me montrer le chemin. »

La mort était avec moi, la sainte faux effilée. Elle éloignerait les autres objets tranchants de mon cou et me protégerait envers et contre tous. Ma Santa Muerte l'avait déjà fait à de nombreuses reprises par le passé, et elle allait recommencer aujourd'hui. Je n'avais rien à craindre.

« Dame blanche, Dame noire, il n'est aucun mal que tu ne puisses vaincre ni aucun obstacle que tu ne puisses franchir. Je m'en remets à ta volonté et à ta bienveillance, et je te confie mon âme… »

Enfin, j'ai réussi à respirer normalement. Le coffre avait une odeur de vieux canapé moisi, et il y avait un truc dur et pointu qui me rentrait dans le bas du dos. J'ai voulu bouger, me déplier un peu, mais j'étais coincé. La voiture s'est arrêtée. Sûrement un feu rouge. Quelques instants plus tard, elle a tourné à gauche. Comme je m'étais garé à l'angle de l'I-35 et de 3rd Street, ça voulait dire qu'on était sur Red River Street et qu'on descendait vers le sud.

J'ai tendu l'oreille. Un vacarme de basses mettait au supplice les haut-parleurs de la voiture et emplissait tout le coffre. J'avais l'arrière du crâne en feu. Un serpent tiède rampait le long de ma nuque. Du sang.

N'étant pas en mesure de lever une main pour vérifier, j'ai essayé de ne plus y penser. Mon genou me faisait toujours autant souffrir.

Pourquoi est-ce qu'on m'avait foutu dans ce coffre ?

Entre la douleur, l'inconfort et la musique de carnaval, mon cerveau refusait de fonctionner correctement. J'ai essayé de repenser en détail aux dernières semaines, aux derniers mois, mais je ne voyais pas. Je n'avais pas de dettes. Je dealais uniquement devant l'entrée du Jackalope, sur 6th Street, c'est-à-dire en plein territoire Zetas. Et, à ma connaissance, je n'avais couché avec la copine de personne.

Le trajet n'a pas duré très longtemps.

La voiture a continué à rouler quelques minutes, tournant tellement de fois à gauche et à droite que j'ai fini par perdre le fil et abandonner l'idée de deviner notre destination. Enfin, on a ralenti et on s'est arrêtés. Le conducteur a tiré le frein à main, le moteur et la musique se sont coupés simultanément, ma gorge s'est serrée et, à cet instant, j'aurais tout donné pour disparaître. Nous sommes poussière et nous retournerons à la poussière, mais malheureusement, on ne peut pas devenir poussière à la demande. J'étais un animal blessé, aux abois.

Pendant une demi-douzaine d'éternités, il ne s'est rien passé. Puis la voiture a tangué légèrement. Des portières se sont ouvertes pour se refermer les unes après les autres. Le battant a bondi comme s'il en avait marre d'être collé à mon corps – un sentiment mutuel – et les charnières ont couiné de nouveau. Il faisait nuit, mais un lampadaire quelques dizaines de mètres plus loin nous offrait un peu de sa lueur jaunâtre. Trois types m'examinaient. Je les ai regardés sans baisser les yeux.

Des fringues de gangsters amateurs de hip-hop. Plein de tatouages. Mentons relevés, cous tendus comme des cobras furieux. Ils voulaient avoir l'air menaçants, et ça marchait. Deux tenaient un flingue à la main. Le type qui se trouvait sur la gauche a pointé le sien vers mon visage. Un machin noir. Robuste. Dans la pénombre, on aurait dit un .9 millimètres. Prêt à cracher la mort. Le gars le tenait de travers, comme tous les trouducs qui se soucient plus de passer pour des caïds que d'atteindre leur cible. Le mec au milieu tenait le sien contre sa jambe, le bras décontracté. C'était lui qui était en treillis. Ces trois salopards avaient l'air tout à fait sereins. Ce qui ne faisait que renforcer ma nervosité.

Treillis a fini par baisser la tête. Son cou s'est détendu, et c'est alors que j'ai vu l'encre qui lui recouvrait l'intégralité du visage. Les tatouages m'ont encore plus fait paniquer que les deux flingues ou l'attaque surprise. De l'obscurité qui recouvrait ses traits s'échappaient des tentacules fantomatiques qui semblaient s'infiltrer dans la nuit et rendre tout plus sombre autour de nous. Plus noir.

« Sors », a-t-il ordonné d'une voix qui ne trahissait pas la moindre émotion.

De toute évidence, ce n'était pas la première fois qu'il devait gérer une situation comme celle-ci.

Lentement, je me suis redressé, jusqu'à me retrouver presque assis. Mon genou n'était pas très coopératif. Je me suis extirpé du coffre avec la grâce d'un girafon nouveau-né. Treillis s'est écarté pour me laisser un peu de place, puis il m'a attrapé par le bras et s'est penché vers moi comme si on était dans un bar où la musique était trop forte pour s'entendre parler. Pourtant, la rue était tout ce qu'il y avait de plus calme.

« On va dans la maison ! Et toi tu te fermes ta gueule, pédé », a-t-il dit en me serrant le biceps au moment de prononcer la dernière syllabe de « pédé », comme pour souligner son propos.

Puis il s'est mis à marcher d'un pas rapide en me tirant derrière lui sans tenir compte du fait que je boitais. J'ai regardé autour de moi. On se trouvait dans un quartier résidentiel. Petites maisons pourries. Jardins à l'abandon. Peinture écaillée. Trottoirs fissurés. Voitures merdiques. Herbes jaunes et gadoue brune en lieu et place des pelouses vertes. Il y avait un autre type dans l'énorme bagnole bleue au coffre fatigué. On devait être quelque part dans East Austin.

Derrière nous, quelqu'un a refermé le coffre. J'ai sursauté, pire que si on m'avait enfoncé une stalactite dans le cul pour me titiller le cœur avec. Treillis a resserré son étreinte, enfonçant ses doigts noueux dans mon bras comme un père ramenant son gamin à la maison pour lui mettre une branlée.

On s'est dirigés vers une petite maison de plain-pied aux murs d'un bleu délavé et on a gravi deux marches en bois grinçantes pour atteindre la porte. Treillis a ouvert, puis il m'a entraîné à l'intérieur. Ses deux acolytes ont suivi. Dans le noir, quelqu'un a actionné un interrupteur. La lumière éblouissante a jailli et mes yeux se sont éteints, envahis par le néant.

Le gars a fini par me lâcher le bras. On se tenait dans une pièce entièrement vide. Mes trois agresseurs me dévisageaient. Yeux rouges, pupilles dilatées, poses de rappeurs. J'ai cligné plusieurs fois des paupières, le temps de m'habituer à la clarté. J'ai cherché du regard les coins les plus sombres. Une petite cuisine sur la droite, une porte sur la gauche, un couloir obscur droit devant. Puis j'ai reporté mon attention sur les trois enfoirés qui me regardaient comme s'ils venaient d'apprendre que j'avais baisé leur mère.

Treillis était celui avec le plus de tatouages sur le visage. Un amas complexe de lignes, de symboles, de lettres, de chiffres et de ratures qui avait dû être réalisé à la corde de guitare par un taulard nerveux et pas franchement talentueux. Néanmoins, j'ai réussi à discerner dans son cou un 13 juste au-dessus d'une main formant les cornes du diable, ainsi que les lettres « MS » recouvrant une bonne partie de son front et de son œil gauche. Mara Salvatrucha. D'un coup, la peur m'a comprimé les tempes, me faisant oublier mon genou endolori. Le gang Mara Salvatrucha faisait faire des cauchemars à Satan en personne. Parfois, le cartel de Sinaloa recrutait certains de ses membres, les *mareros*, pour faire le sale boulot. J'ai pensé à ma sœur et j'ai senti la mort s'approcher de nouveau. Ne m'abandonne pas, Santa Muerte. J'ai fermé les yeux, j'ai visualisé ma statuette de la Santísima Muerte sur son petit autel à la maison, et j'ai essayé de sentir sa force autour de moi.

« On va voir Indio. Toi tu te fermes ta gueule, *hijueputa*. Toi tu écoutes Indio. Je vois que tu écoutes pas rien… Si toi tu bouges, je te fous la balle entre tes yeux. »

Son anglais était dégueulasse. À mon avis, s'il s'obstinait à le parler, c'était pour la même raison que tous les immigrants fraîchement débarqués : il espérait se fondre dans la masse. Avec la fresque qu'il avait sur la gueule, je lui souhaitais bien du courage.

Du canon de son flingue, il m'a indiqué le couloir

vers lequel s'avançait le seul type qui ne m'avait pas montré son arme. Je l'ai suivi.

Au bout, sur la gauche, un rai de lumière filtrait sous une porte. Pas-de-Flingue l'a ouverte, puis il s'est écarté et m'a fait signe d'entrer.

Dans la pièce exiguë flottait une odeur âcre de cannabis, de sueur et de pisse rance. Debout à côté d'une chaise, un gars tout maigre, torse nu, sa peau cuivrée recouverte de tatouages – le fameux Indio. Il tenait à la main un énorme couteau aux dents effrayantes. Un peu comme celui dont se servait ma grand-mère pour couper le pain. Son fute noir était trop court pour un pantalon et trop long pour un bermuda. Quant à ses chaussures, elles semblaient trois fois trop grandes pour lui et elles dégueulaient leur languette comme un clodo son vin rouge. Il ne portait pas de chaussettes, ce qui devait contribuer à la puanteur ambiante. Un flingue à la crosse dorée était passé à sa ceinture. L'espace d'un instant, je me suis imaginé choper l'arme et lui tirer une balle dans les couilles et, pour la première fois depuis le début de la journée, j'ai eu envie de rigoler. Mais quand j'ai vu le pauvre type assis sur la chaise, l'envie m'est passée d'un coup.

Il avait la tête baissée, et le Chatterton qui maintenait ses bras et ses jambes aux accoudoirs et aux pieds de la chaise était si serré que ses mains avaient viré au blanc. Du sang et de la salive se mélangeaient à la pellicule de transpiration qui recouvrait son torse et son ventre. Clairement, la séance de torture avait commencé depuis un bon moment. Et à en croire la flaque au sol et la tache sombre sur son boxer bleu – l'unique vêtement qu'il portait –, il s'était pissé dessus. Au pied de la chaise trônait un gros seau blanc. Il n'y avait rien d'autre dans la pièce, ce qui était mauvais signe : ces types n'avaient pas l'intention de poser leurs valises ici.

Avec un sourire, Indio a attrapé le pauvre gars par les cheveux pour orienter son visage vers moi. Sous les bleus et les bosses, j'ai reconnu Nestor Torres. Si le côté gauche était pas mal abîmé, le côté droit donnait l'impression d'avoir été percuté par un train de marchandises. Les yeux de Nestor, tout blancs, semblaient avoir pris congé de la réalité. Je ne sais pas ce qu'ils lui avaient foutu dans les veines, mais il avait l'air de planer quelque part entre l'inconscience et la quatrième dimension. Une limace de morve luisante rampait sur sa lèvre supérieure, et un filet de bave rougeâtre pendait de sa bouche ouverte dans laquelle on ne distinguait plus la moindre dent. Bref, il était foutu de chez foutu, et moi, j'étais terrorisé comme jamais.

« On a demandé au petit Nestor de faire passer un message à votre boss, a commencé Indio. Il nous a demandé pour qui on se prenait, alors on lui a montré. Il a mis un petit moment, mais je crois qu'il a fini par comprendre. On va voir si t'es aussi long à la détente. »

Là-dessus, Indio a attrapé l'index droit de Nestor. Il l'a mis bien à plat sur l'accoudoir, puis il a posé le couteau à côté de l'articulation et s'en est servi comme d'une scie, se hissant sur la pointe des pieds pour augmenter un peu plus la pression. En un aller-retour, l'affaire était réglée. Nestor s'est raidi et son visage tuméfié s'est crispé le temps que le cartilage cède, sans qu'aucun son ne sorte de sa bouche détruite. Indio a ensuite brandi le doigt devant moi, puis il l'a jeté dans le seau. Le morceau de chair a heurté la paroi avant d'atterrir au fond. *Ploc ploc*. Entendre ces deux plocs était presque pire qu'assister à l'amputation. Mais soudain, un craquement sec s'est élevé du seau blanc. Bientôt suivi d'un bruit de mastication.

Indio s'est tourné vers moi en pointant la lame ensanglantée vers mon visage.

« Dis à ton patron que la Salvatrucha n'est pas là pour rigoler. On veut le contrôle du centre-ville entre l'I-35 et l'autoroute 1, et entre Martin Luther King Boulevard et le fleuve. On lui laisse les quartiers est et tout ce qui se trouve au nord de l'université. Si ses dealers préfèrent changer de crémerie et travailler pour nous, ils sont les bienvenus. Quant à son fournisseur sur Dallas, s'il est pas content, il peut toujours venir nous voir, il sera bien reçu. Une proposition plutôt raisonnable, non ? »

Il se fourrait le doigt dans l'œil s'il pensait que Guillermo allait accepter de lui céder le centre-ville, étant donné que c'était là qu'il faisait plus de la moitié de son chiffre d'affaires. Des musiciens aux ouvriers, des étudiants aux clodos accros au crack, tous savaient que le quartier de l'hôtel de ville était le meilleur endroit pour se procurer de la drogue. Sauf que je n'avais aucune intention de partager le fond de ma pensée avec Indio. Non seulement je ne tenais pas à faire connaissance avec son gros couteau, mais je savais surtout que si j'essayais de parler, le son qui sortirait de ma bouche ressemblerait à celui que fait la gorge d'un pigeon juste avant que la mâchoire du chat ne se referme dessus. Alors je me suis contenté d'acquiescer.

« C'est tout ce que t'as à dire ? Tu sais pourtant ce qui va se passer, si tu transmets tel quel mon message à *el gordo*. Il en tiendra pas compte. Et tu sais pourquoi ? Parce que ton boss est un abruti et que les Zetas le tiennent par les couilles. Il aime l'argent facile et il a peur de prendre le moindre risque. Un chat obèse qui passe son temps vautré sur le canapé du salon. C'est pour ça qu'il galère, alors que cette ville croule sous le pognon. S'il savait y faire, il s'en foutrait plein les poches. Nous, on n'est pas comme ça. On n'a pas peur de se salir les mains et on sait gérer un business. On sait aussi convaincre les gens de collaborer avec nous. Demande donc à ton pote. T'es pas d'accord avec moi, Nestor ? »

Indio a alors attrapé le majeur de Nestor pour répéter l'opération. Cette fois, il ne lui a fallu qu'un aller pour sectionner le doigt. Une amputation nette, presque sans la moindre hémorragie. Un gargouillis d'outre-tombe s'est échappé des lèvres de Nestor, noyé sous les fluides corporels qui lui inondaient la gorge. Sa tête est retombée, tous ses muscles se sont relâchés simultanément, et il a perdu connaissance. Indio a jeté le doigt dans le seau. Un seul ploc, cette fois. Puis le bruit de mastication.

« Tu m'as pris pour un tocard, *puto* ? » a hurlé Indio en tranchant l'annulaire de Nestor.

Ce coup-ci, il a enchaîné directement avec le petit doigt, sans passer par la case seau blanc.

À la fin, des morceaux de chair et de cartilage pendouillaient au bout de chaque moignon comme des asticots bien gras.

J'avais envie de vomir, mais j'avais le cœur coincé dans la gorge. Indio a fait quatre pas vers moi et m'a attrapé le visage. J'aurais voulu le tuer. Malheureusement, j'étais trop terrifié pour faire le moindre mouvement, pour prononcer le moindre mot. Quand les hommes parlent du danger, c'est toujours pour dire qu'il faut laisser sa peur de côté et prendre le problème à bras-le-corps. C'est des conneries. Moi, je suis un lâche qui aime la vie et qui est prêt à tout pour ne pas la perdre. Et le meilleur moyen de ne pas se faire tuer, c'est souvent de fermer sa gueule et d'acquiescer.

« Je t'ai pourtant dit qu'on était pas là pour rigoler, enculé ! »

L'haleine d'Indio était infecte. J'étais tétanisé, incapable de reculer, alors je me suis contenté de regarder l'une après l'autre ses pupilles dilatées, m'attendant à y voir apparaître de petites têtes de mort.

« Va voir *el gordo*, raconte-lui ce que tu as vu aujourd'hui et débrouille-toi pour le convaincre d'accepter une transition en douceur. C'est la meilleure solution. L'autre option, la mauvaise, ce serait de choisir l'affrontement. On n'a pas envie d'une guerre, mais comme tu as pu le voir, on n'a pas peur de faire couler le sang. »

Indio a lâché mon visage et s'est retourné. Son dos était entièrement tatoué : une femme nue, un diable souriant, plusieurs flingues, et beaucoup d'autres dessins que je n'arrivais pas à distinguer. Il s'est approché de la chaise et a de nouveau attrapé Nestor par les cheveux. Il lui a alors incliné la tête sur la gauche, puis il a posé la lame du couteau sur sa gorge et il m'a regardé. Ses yeux étaient sales, néfastes, comme si l'encre sur son visage s'était infiltrée jusque dans ses capillaires. Et, sans montrer la moindre émotion, il s'est mis à scier le cou de Nestor.

Nestor s'est raidi et il a émis un bruit aigu à mi-chemin entre un cri et un moteur sur le point de caler. Il n'y a pas eu de jaillissements de sang, mais plutôt un flot continu qui lui a rapidement inondé tout le côté gauche en une marée sombre et brillante. Indio a commencé à parler dans une langue incompréhensible.

« *Ogún oko dara obaniché aguanile ichegún iré.* »

À chaque mot, c'était comme si ma température corporelle perdait un degré. Heureusement, le calvaire de Nestor n'a pas duré longtemps. Son corps s'est affaissé, c'était terminé. De son côté, Indio a continué à scier jusqu'à atteindre la colonne vertébrale. Là, il a lâché les cheveux de Nestor et lui a donné un grand coup sur la tempe. Un craquement horrible a résonné dans la pièce. J'ai fermé les yeux, mais j'ai continué à entendre la lame trancher les chairs restantes pendant quelques secondes, avant que la tête heurte le sol avec un bruit sourd.

« Ouvre les yeux, pédé ! » a ordonné Indio.

J'ai obéi. Il tenait le couteau ensanglanté pointé vers mon visage. Puis il l'a laissé tomber par terre.

« Maintenant, va parler à ton chef. Si je dois te faire revenir ici, tu sais ce qui t'attend. Alors si tu veux pas finir comme ton copain, débrouille-toi pour qu'*el gordo* ait mon message. »

Au Mexique, j'avais vécu suffisamment d'expériences traumatisantes pour développer la capacité de me convaincre que ce qui m'arrivait était en fait en train d'arriver à quelqu'un d'autre. Mais là, j'avais beau essayer, ça ne marchait pas. Dans ma tête, mes prières n'étaient qu'un fatras de mots qui se piétinaient les uns les autres dans leur hâte de venir à ma rescousse.

Santa Muerte, protège-moi.

C'était la seule chose qui me venait, la seule prière.

Santa Muerte, protège-moi.

Santa Muerte, protège-moi.

Je me répétais ce mantra improvisé comme si les

mots eux-mêmes étaient en mesure de m'emmener loin de là, comme si, tels des anges salvateurs, ils pouvaient m'attraper et m'entraîner à tire-d'aile jusqu'à un endroit sûr.

Santa Muerte, protège-moi ! S'il te plaît, je t'en conjure !

Un des autres types m'a tiré par le bras en marmonnant quelque chose d'à peine audible – le seul bout de phrase que j'ai reconnu étant « On y va ». Ça me semblait la meilleure idée que personne ait jamais eue. Ce salopard n'était pas un ange salvateur, mais j'étais prêt à le vénérer s'il me sortait de cette pièce. Je me suis retourné pour ne plus voir Nestor.

Puis, après avoir suivi le couloir comme un zombie, j'ai franchi la porte de la maison.

Les *mareros* m'ont assis dans la voiture et, sur le moment, j'ai regretté de ne pas faire le voyage dans le coffre, où j'aurais pu prier en paix, pleurer, et remercier la Santa Muerte. Au final, je suis resté coincé à l'arrière entre deux types, oppressé par la chaleur qui émanait de leurs corps. Celui à ma gauche a sorti un bandana rouge de sa poche et me l'a noué maladroitement devant les yeux. Je n'ai rien dit du trajet, et eux non plus. Je faisais de mon mieux pour me cacher dans ce silence.

Le retour m'a paru durer une éternité. Quand ils ont fini par me retirer le bandana, j'ai vu qu'on était garés derrière ma voiture. Le type à ma droite a ouvert sa portière et s'est glissé hors de l'habitacle. Je suis resté assis – j'avais trop peur de prendre une balle dans la nuque à l'instant où je poserais le pied sur le trottoir.

« Descends, pédé. »

Ces mots m'ont donné la force de sortir. Le gars a balancé mes clés et mon téléphone par terre, avant de lever l'index, comme pour dire quelque chose. Mais il est resté silencieux. J'avais compris le message. La portière a claqué, la voiture s'est éloignée, et je suis resté planté là, tiraillé entre la peur et le soulagement.

À cet instant, j'ai songé que j'allais avoir du mal à me débarrasser du fantôme de Nestor.

Finalement, je me suis baissé pour ramasser mes clés d'une main qui tremblait comme un palmier en plein ouragan. Et là, j'ai ressenti une pointe de colère bienvenue. Ces *hijos de puta* m'avaient piqué mon flingue et mon iPod.

2

La frontière
Massacre dans les toilettes – *Amigos*
Ossements dans le désert – Le *coyote*
États-Désunis
Somnifères

Quand tu te retrouves nez à nez avec le canon d'un flingue, ça remet en cause tout ce que tu pensais savoir. Ça brise des trucs en toi, ça chamboule des convictions que tu pensais inébranlables.

Le solide devient liquide et tout se met à couler comme de l'eau. Les choses prennent la consistance mouvante des ombres qu'on voit dans les rêves.

Quand quelqu'un te présente cette pupille parfaitement ronde synonyme de chaos, tu te mets à réfléchir, à fouiller ta mémoire à la recherche des erreurs qui t'ont amené là. Le même processus s'enclenche quand quelqu'un essaye de t'ouvrir le crâne. Et, que tu le veuilles ou non, lorsque tu as une bosse de la taille d'un œuf qui te pousse à l'arrière de la tête, tu commences à visualiser des scènes, comme une bande-annonce des moments-clés de ton passé immédiat. Si tu es le genre de type qui se retrouve avec un flingue braqué sur la gueule, il y a de fortes chances que le film soit nul et qu'on t'ait filé le rôle du con. Ça ne ressemble plus à une bande-annonce, mais à un bêtisier pourri.

Dans mon cas, j'ai l'impression de voir une compilation de clichés et de coups du sort. Je me souviens de beaucoup de choses, mais aucune n'est vraiment mémorable.

Par exemple, pour ce qui est de mon arrivée aux États-Désunis, tout a commencé dans un club de Mexico. El Colmillo. Une boîte assez mal fréquentée, surtout l'arrière-salle. Un peu comme une jolie fille avec le cul crade. En fait, non, ça a commencé un peu avant, à une soirée chez un ami, par une nuit si chaude que le vent avait l'haleine d'un chien haletant après une longue course sur la plage. T'es bourré, t'as envie de baiser et de t'empiffrer de *tamales*, et t'es plus défoncé que le sommier d'une pute. Ton portable sonne. Ta sœur. Elle est en boîte, comme tous les soirs. Tu n'as pas d'autres frères et sœurs et tu ne peux pas t'empêcher de l'aimer, même si c'est une petite salope camée et ingrate qui ne t'apporte que des emmerdes. Les pique-niques en famille, c'est un truc que tu ne connais pas.

Bref, le téléphone sonne. Tu vois apparaître « ISA » en grosses lettres blanches sur l'écran. Le diminutif d'Isabel. Tu décroches. Elle gueule un truc, comme quoi un type l'a pelotée. Une histoire que tu connais bien. D'ailleurs, les mots font remonter des images : le mascara dégoulinant sur ses joues, le sang dégoulinant sur ton poing. Ils sont nombreux, les gars qui lui ont touché le cul, mais celui-là, comme quelques autres connards inconscients, l'a fait sans sa permission. Ça la fout en rogne et, par ricochet, ça te fout en rogne. Dans ta tête, tu vois ta *mamá*. Veille sur ta sœur, dit-elle, sa voix venant de nulle part et partout à la fois. Tu dois toujours prendre soin des femmes qui comptent pour toi, répète-t-elle pour la énième fois. La famille, c'est sacré. Tu es conditionné à réagir, à protéger, à punir les salopards qui dépassent les bornes. L'excitation et la défonce attisent ta colère.

Tu demandes à Javi et Luis de t'accompagner. Il y a un sale con qui a besoin d'une bonne leçon. Vous sautez dans la voiture de Javi et vous arrivez au club avant que la rage en toi ait pu se dissiper.

Le gorille à la porte d'El Colmillo se fait doux comme un agneau quand il voit approcher trois lascars bien décidés à en découdre. Il est plus habitué aux *gringos* et aux *chilangos* qui viennent passer du bon temps, boire des bières trop chères et pourquoi pas partager un moment d'intimité bâclé dans la pénombre des toilettes crasseuses. Il a bien conscience qu'avec tes deux copains, tu détonnes pire qu'un réfugié haïtien au milieu de Beverly Hills. Il n'a pas besoin que tu lui présentes ton calibre pour t'ouvrir la porte et s'écarter du passage. Avec ce qu'on le paye, le pauvre gars ne va pas risquer de se prendre une balle.

Ta sœur est à côté du bar avec une copine. Elle est dans tous ses états. Une fois qu'elle t'a montré le coupable du doigt, tu lui dis de foutre le camp. Tu t'approches du type en question, tu le chopes par la chemise, tu lui plantes le canon de ton flingue entre les côtes et tu lui dis de fermer sa gueule et de venir avec toi. Tu l'emmènes jusqu'aux chiottes. Sur le trajet, il n'arrête pas de te menacer, de te répéter que tu as intérêt à le lâcher si tu ne veux pas que ça finisse mal.

Tu lui avais pourtant dit de fermer sa gueule.

Tu ouvres la porte avec sa tête. Dans les chiottes, plein de mecs en sueur. Javi et Luis sortent leur calibre et en cinq secondes, la pièce est vide. Personne ne proteste, personne ne cherche à comprendre. C'est comme ça que ça fonctionne, à Mexico : quand ça part en vrille, tu fous le camp et tu oublies ce que tu as vu.

Tu abats la crosse de ton arme sur la bouche du pervers au moment où la porte se rouvre.

Deux dents se cassent.

Un coup de poing part.

Le peloteur se retrouve par terre. Javi aussi. Tu te retournes et tu vois Luis qui braque trois types en même temps. Javi est à genoux, la tête entre les mains. Il n'aura pas fallu longtemps avant que ça dégénère. C'est qui, ces cons ? Le gars que tu agrippes toujours par le col n'arrête pas de te dire que tu ne sais pas à qui tu as affaire. Il a raison.

C'est un jeu où tout le monde joue les durs, mais où personne ne veut crever. Du coup, tu ne t'attends pas à ce que le peloteur essaye de sortir son flingue. Tu ne t'y attends tellement pas que ton index se crispe sur la détente.

Boum.

Le bruit remplit tout l'espace et soudain, tu n'entends plus qu'un hurlement qui n'est pas vraiment là, comme si t'étais perdu dans le désert et qu'il y avait un loup dans les parages. L'odeur de la poudre couvre celle de la Javel. Le corps du gars que tu as buté n'a même pas tressailli. Luis est le premier à réagir, il descend deux des trois autres types. Le bruit des détonations te parvient, comme étouffé par plusieurs épaisseurs de coton. Le troisième connard colle une balle dans le bide de Luis, qui se plie en deux et se met à gueuler comme un tigre enragé. Toujours à genoux, Javi met fin à la fusillade en atteignant le dernier tireur à la poitrine. Le type bascule en arrière. Étendu au sol, Luis ne bouge plus. Javi t'entraîne hors de la pièce et la porte des chiottes n'a pas le temps de se refermer que vous êtes déjà dans l'allée à l'arrière du club.

Les quatre minutes qui suivent redéfinissent la notion du temps. La défonce s'est évaporée, la peur a remplacé la rage.

Des lumières.

Une course effrénée et maladroite.

Ton cœur qui te remonte dans la gorge.

La panique qui te comprime la poitrine.

Santa Muerte, si je m'en sors vivant, je te promets que je t'achète une bonne bouteille de rhum.

Santa Muerte, protège-moi comme tu m'as toujours protégé.

Santa Muerte, je m'en remets à toi.

Santa Muerte, ô puissante Santa Muerte, protège-moi.

Comme toujours, la Santa Muerte te ramène chez toi en un seul morceau. Tu lui dois beaucoup plus qu'une bouteille. Tu lui dois tout.

Ensuite vient le silence, avec toutes les menaces qu'il représente. Le silence et l'angoisse. Tu passes des heures à faire les cent pas, à réfléchir, à regretter. Tu attends des nouvelles, n'importe lesquelles. Et tu doutes. Tu doutes tellement que ça envahit tes veines et que ça t'empêche de dormir. Tu restes cloîtré chez toi, tu ne parles à personne, et tu envoies un texto à Javi pour lui dire de faire pareil. Selon les moments, le temps passe trop vite ou trop lentement, mais jamais à la bonne vitesse.

Deux jours plus tard, ta sœur t'appelle pour t'annoncer que Luis est mort. Elle est à Monterey avec une amie, mais elle connaît un gars qui bosse à l'hôpital de Balbuena. Elle t'apprend que Luis était dans le coma à son arrivée et qu'il ne s'est jamais réveillé. C'est une bonne nouvelle, parce que les gens dans le coma ne parlent pas aux flics. Mais sinon, c'est un cauchemar. Tu pleures. Tu pleures parce qu'il est mort et que tu l'aimais. Tu pleures parce que c'est toi qui lui avais demandé de venir. Tu pleures parce que tu l'as abandonné avec une balle dans le ventre sur le carrelage dégueulasse des chiottes d'une boîte de nuit.

Dans ta tête, les théories contradictoires se bousculent.
Le type était un inconnu qui ne manquera à personne.
Non, c'était forcément quelqu'un d'important.
Tout va bien, tu ne risques rien à te montrer en public.
Si tu sors de chez toi, t'es mort…

Deux jours de plus s'écoulent. À cause du manque de sommeil, tu sursautes chaque fois que quelqu'un dans l'immeuble tire la chasse d'eau. Tu es convaincu que le chat du voisin est un démon qui toutes les nuits traverse la ville pour aller donner ton adresse à ceux qui te cherchent. Il y a un trou noir au milieu de ton estomac qui te fait mal sans arrêt, qui t'empêche de manger et qui t'empêche de réfléchir. Javi t'appelle, te dit qu'il pense que toute cette histoire s'est tassée avec la mort de Luis. Il bafouille et tu peux presque sentir son haleine alcoolisée à travers le téléphone. Il te propose de le rejoindre dans un club de strip-tease pour noyer votre chagrin. Une main tenant le portable et l'autre sur la crosse de ton pistolet, tu lui dis de rester chez lui. Il ricane, un bruit malvenu et désagréable, semblable à celui d'une bouteille se fracassant contre un mur au beau milieu de la nuit. Tu entends parfaitement l'angoisse et les non-dits derrière ce rire. Tu raccroches. Il y va seul. En fin de soirée, il se rend au club dont vous êtes partis en courant quelques jours plus tôt, parce que c'est ce qu'on attend d'un vrai mec. À un moment, il se lève pour aller pisser. Dans les toilettes, quelqu'un lui plante neuf ou dix fois d'affilée une bouteille de bière cassée dans le cou, et il se vide de son sang dans une mare d'urine.

Deux amis morts, les deux dans les mêmes chiottes crasseuses. Bienvenue à Mexico, enfoirés ! La certitude que c'est maintenant ton tour envahit alors chaque pensée, chaque respiration, chaque battement de cœur.

Israel, un des barmen d'El Colmillo, vient du même *barrio* que toi – le même quartier. Il est un peu plus âgé que toi et, petit, il traînait avec tes cousins. Il connaît même tes grands-parents. Il sait que tu étais pote avec Javi, alors il t'appelle pour t'annoncer la nouvelle à la seconde où il découvre le cadavre à la gorge labourée sur le carrelage. Il a aussi vu le type qui est entré aux toilettes juste après Javi. Comme il n'est pas con, il comprend que c'est toi qui as fait n'importe quoi quelques jours plus tôt.

« T'as vraiment déconné, mec », il te dit.

Et ensuite il te lâche des infos.

Le gars qui a tripoté ta sœur était à Mexico pour négocier des accords au nom du cartel de Sinaloa. Cet enfoiré bossait pour la *Federación* ! À présent, le dernier moyen d'obtenir de l'aide est de demander la protection de quelqu'un au sein même du cartel, mais tu es tellement tout en bas de la chaîne alimentaire que ce n'est même pas la peine d'essayer.

Au final, le choix est clair : soit tu pars, soit tu y restes.

Ton oncle Silvio, le frère aîné de ta mère, connaît un bon *coyote* qui peut te faire passer la frontière. Un des rares qui ne te fait pas faire tout le tour du Mexique avant de t'abandonner dans un hangar quelconque sans un sou, les yeux bandés et tremblant de trouille. Silvio a aussi un ami au Texas, à Austin, qui lui est redevable. Tío Silvio faisait partie de la vieille garde, il sait des choses et il est toujours en vie, alors quand il t'assure que le mieux que t'aies à faire est de disparaître, tu ravales la dizaine de questions qui te brûlent les lèvres et tu acceptes. Il t'explique où retrouver le passeur, tu notes l'adresse sur un bout de papier et tu te dépêches de le remercier avant de raccrocher.

Tu es toujours bouffé par la peur et le stress, et

comme tu n'as trouvé personne sur qui déverser ta rage, tu chopes le *coyote* par les couilles et tu lui colles ton calibre sous le nez.

« T'avise pas d'essayer de me la faire à l'envers, tu lui lances. Si tu joues au malin avec moi, ça va te coûter cher. »

Il comprend le message.

Tu as choisi de voyager léger. Quelques chemises, deux ou trois pantalons et une statue de la Santa Muerte de trente centimètres de haut qui tient à peine dans ton sac à dos. Tu es sorti de chez toi en pleine nuit et tu n'as pas prévenu ta vieille que tu t'en allais. Tu as voulu te la jouer viril, mais quand tu as refermé la porte derrière toi, tu avais des larmes dans les yeux.

Le passeur t'explique que sa camionnette a été saisie par les flics, qu'il a donc dû en emprunter une à un collègue, mais qu'il faut d'abord aller la décharger. Il t'indique de t'asseoir à l'avant. Il ne dit rien de plus et passe le bras par la vitre ouverte avant de démarrer, alors que l'accordéon nasillard de Los Tigres del Norte s'échappe des haut-parleurs et t'anesthésie le cerveau.

Deux heures plus tard, tu te retrouves devant un grand trou quelque part au milieu du parc national de Tiacaque. Le *coyote* ouvre les portes à l'arrière et te demande de lui filer un coup de main. Entassés à l'arrière de la camionnette, il y a six cadavres. Trois hommes, une femme et deux enfants.

« Un trajet qui s'est mal passé », explique-t-il avec un haussement d'épaules.

Les corps ont gonflé sous l'effet de la chaleur et tous ont les poignets noués par des colliers de serrage. Tu dégueules et dis au *coyote* d'aller se faire foutre. Il ne répond rien et se met au travail. Tu restes assis à l'avant et frémis chaque fois que tu entends le bruit sourd d'un corps tombant dans la fosse.

Le passeur fait un autre arrêt à Ciudad Victoria pour récupérer un vieillard discret, puis il franchit la frontière au niveau de Matamoros, avec l'aide de deux *gringos* déguisés comme s'ils revenaient d'Irak. Le *coyote* ne t'adresse pas la parole de tout le trajet, et ça te va très bien comme ça. Il ne te demande pas d'argent supplémentaire et il n'essaye pas de t'abandonner en pleine pampa. Le vieillard ne se rend pas compte de la chance qu'il a de faire le voyage avec toi. Il passe la majeure partie du trajet à dormir à l'arrière, la tête contre la vitre, et parfois il ronfle si fort que ça le réveille en sursaut. Sitôt la frontière passée, il demande à descendre, il va retrouver quelqu'un. Tu remarques alors qu'il n'a pas de sac et tu te demandes ce que l'avenir lui réserve, mais tu l'oublies dès que le passeur rappuie sur l'accélérateur.

Le lendemain, il te laisse devant une bâtisse beige et repart sans te dire au revoir. Tu es soulagé d'être sorti de la camionnette et de ne plus avoir à écouter sa musique *norteña* de merde.

Un gros type t'attend devant la bâtisse. Il te fait signe de le rejoindre. Il a l'air pressé, énervé, et il te serre la main comme s'il te tendait une sardine pourrie. Tío Silvio a menti. Le gars ne lui est pas vraiment redevable. En tout cas pas beaucoup. C'est ce que tu comprends quand tu découvres la piaule qu'il t'a dégotée.

Il t'invite à le suivre dans un escalier qui craque, il te fait entrer dans un minuscule studio dont les meubles ont clairement été ramassés sur le trottoir, et il t'annonce que la douche fonctionne quand elle veut. Après quoi il pose une clé sur la table et disparaît. Il ne t'explique pas comment le contacter, et tu es trop fatigué pour le rattraper et lui poser la question. Alors tu installes ta Santa Muerte dans un coin près du lit cabossé, tu prononces une prière rapide et, ignorant les protestations de ton estomac, tu essayes de trouver le sommeil.

Le lendemain, un vieil homme nommé Julio débarque et t'explique que dans le temps, il bossait avec Silvio, et que cet enfoiré était toujours au courant de tous les secrets. Il éclate de rire et te donne une grande tape dans le dos, mais tu n'es pas d'humeur.

Julio a des yeux futés, un bouc blanc et des cheveux gris et gras noués en queue-de-cheval. Il te tend une tasse de café tiède qui a un goût d'eau croupie et deux *tacos* froids bacon-fromage-œuf dur enveloppés dans du papier d'alu dont tu ne fais qu'une bouchée et que tu trouves délicieux. Julio t'annonce alors qu'il t'a trouvé un boulot de plongeur dans une pizzeria, le Mellow Mushroom, et il te propose de t'emmener en voiture.

« C'est une chaîne de *gringos*, t'explique-t-il. Mais ça paye bien et ils posent pas de questions. »

Tu acceptes en songeant que ça te changera peut-être les idées. Il te laisse devant le restaurant, te tend quelques dollars froissés et t'indique un arrêt de bus quelques dizaines de mètres plus loin.

« Pour rentrer à l'appart, il faut que tu prennes le 5 et que tu descendes au neuvième arrêt. »

Il te sourit par la vitre baissée avant de s'éloigner.

Tu fais donc la vaisselle et l'eau est si chaude qu'à la fin de la journée, tu as les bras qui pèlent.

Le troisième jour, tu pousses la porte de derrière pour aller jeter deux gros sacs plastique. On t'a donné une clé accrochée à une espèce de bout de bois. La première fois, ça t'a surpris que les *gringos* ferment leur local à poubelles à clé, mais le proprio t'a expliqué qu'il ne tenait pas à ce que des clodos viennent manger les restes. Abruti.

Alors que tu t'approches, tu entends du bruit derrière les deux bennes. Tu les contournes et tu tombes sur le gérant, un *gringo* obèse avec une moustache ridicule qui s'appelle Collin et qui parle espagnol comme tu parles norvégien. Il tient Sara, une des serveuses, collée contre le mur. Elle gémit de douleur. Il te regarde avec un petit sourire et te dit de foutre le camp en te traitant de sale bouffeur de haricots.

La tête de Collin heurte le mur avec un gros craquement. Il s'écroule. Sa mâchoire émet un second craquement sous ta chaussure et se retrouve dans un angle bizarre. Le coup de pied que tu lui balances dans les côtes ne provoque qu'une expiration sonore. Tu t'imagines un buffle à l'agonie et tu te remets à taper. Encore et encore. Sara te crie dessus. Elle a deux fils. Son mari est en prison. C'est le seul endroit qui a accepté de l'embaucher alors qu'elle n'a pas de papiers. Elle s'approche de toi et te pousse pour que tu t'éloignes du gros porc étalé par terre.

Tu lâches la clé sur Collin, puis tu retires ton tablier et tu le lui jettes à la gueule. Après quoi tu t'éloignes sans même repasser par la cuisine, et tu ne refous plus jamais les pieds dans ce restaurant.

Le lendemain, Julio débarque et te dit de monter dans la voiture. Il t'emmène voir quelqu'un qui a un autre boulot à te proposer, mais il te prévient que c'est la dernière fois qu'il accepte de t'aider. Il a l'air furieux, mais tu ne te justifies pas.

Julio t'explique qu'il a appelé Silvio et que ton oncle lui a dit que si tu voulais jouer les héros, tu n'avais qu'à te débrouiller tout seul. Après quelques minutes de trajet, Julio se gare devant une maison. Il te dit d'aller frapper à la porte, d'expliquer que tu viens de franchir la frontière et que tu as besoin d'argent. C'est là que tu fais la connaissance de Guillermo. Et c'est sûrement ça, plus que le reste, qui est à l'origine de l'œuf à l'arrière de ton crâne. C'est à lui que tu dois passer le message. Lui qu'Indio n'arrêtait pas d'appeler *el gordo* – le gros.

À présent, tu es au volant de ta voiture et le ciel commence à virer à l'orange. Dans ta tête, tous les sentiments se mélangent, mais aucun ne reste assez longtemps pour que tu puisses l'identifier. Il faut que tu arrêtes de trembler, que tu gobes quelques cachets et que tu dormes au moins une demi-journée. Il faut que tu te sortes du crâne les images de la décapitation. Mais c'est impossible. Tu n'arrêtes pas de revoir le visage tout crispé de Nestor et le sang s'échappant de son cou. Tu n'arrêtes pas de revoir le bras d'Indio faisant des allers-retours avec le couteau. Tu n'arrêtes pas d'entendre le bruit qu'a fait la colonne vertébrale de Nestor quand Indio l'a brisée. Et tu n'arrêtes pas d'entendre l'horrible craquement sec en provenance du seau blanc.

Autour de toi, les rues semblent plongées dans une obscurité d'un nouveau genre qui n'a rien à voir avec la nuit ou l'absence d'étoiles. Tu essayes de te concentrer sur la route pour t'éloigner de ce que tu as vu et rentrer chez toi. Dès le lever du soleil, tu iras voir Guillermo, la seule personne à cet instant qui te semble en mesure de trouver une solution.

Une fois dans ton salon, tu te diriges droit vers ta Santa Muerte sur sa petite table. Elle te regarde de ses orbites vides qui contiennent toutes les ténèbres du monde. Tu te sens mieux. Rien ne pourra t'arriver tant que tu seras à côté d'elle. Alors tu vas prendre quelques somnifères dans la salle de bains, tu t'allonges auprès d'elle sur le canapé, et tu t'imagines disparaître.

3

Les lois de la physique
Ouragans d'émotions – Films de science-fiction
Menudo – Pozole – Tamales
La *limpia*

Deux objets ne peuvent pas occuper le même espace au même moment – deux MC non plus, si l'on en croit la chanson des Fugees –, mais il n'en va pas de même pour les émotions. C'est ça qui est important. C'est ça que Lauryn Hill ne dit pas. Et c'est ça que j'essayais de gérer ce matin-là. J'étais en colère, j'avais peur, je me sentais seul, j'avais soif de vengeance, je voulais déménager, je regrettais que tout ça ne soit pas un mauvais rêve, je priais la Santa Muerte de me protéger et j'avais le cœur lourd en pensant à ma maison, à ma mère et à mes amis.

Je ne connais pas de meilleur remède aux ouragans d'émotions que l'oxycodone.

Après en avoir avalé deux cachets, j'ai pris une longue douche. Le médicament a vite fait effet, apaisant mes angoisses et repoussant les ténèbres qui avaient envahi mon cerveau. Je me suis habillé.

Enfin, j'ai quitté la maison pour découvrir l'éclat aveuglant de l'extérieur – on se serait cru dans un film de science-fiction. J'ai refermé la porte derrière moi.

C'est alors que j'ai entendu quelqu'un appeler mon nom.

Tous mes muscles se sont raidis instantanément. La peur et l'acceptation m'ont envahi, ne laissant plus de place pour aucun autre sentiment.

Je me suis retourné, mais au lieu du *marero* armé jusqu'aux dents que je m'attendais à trouver, c'est Yolanda que j'ai vue.

Sa coupe afro se découpait contre le soleil, et sa peau café au lait me faisait regretter de ne pas avoir plus de vocabulaire pour la décrire. Comme d'habitude, elle ne portait pas de maquillage – elle laissait ça aux clowns. Et elle semblait allergique aux manches. Sur son épaule gauche s'épanouissait un énorme tournesol.

« Comment ça va ? m'a-t-elle demandé. On dirait que la nuit a été courte. »

Je lui ai souri. C'était plus facile avec l'oxy.

Mon cerveau me dictait de m'avancer vers elle, de la prendre dans mes bras et de me perdre dans son odeur. Une autre partie de moi voulait la baiser jusqu'à la mort puis aspirer toute la moelle de ses os.

« Ça peut aller. Et toi ?

— T'es sûr ? T'es un peu pâle.

— Comme tu disais, la nuit a été courte. Mais ça va aller. Qu'est-ce que tu as prévu de beau, aujourd'hui ? »

Elle s'est tournée sur le côté pour déverrouiller la porte de son appartement. Ses interminables talons aiguilles lui faisaient un cul sensationnel.

« Je viens de finir ma journée. Je pense que je vais faire une sieste et regarder un truc sur Netflix. Et toi ? »

D'un côté, je voulais lui répondre, de l'autre, je n'arrivais à penser qu'à une chose : m'allonger sur le bitume pour qu'elle mette un terme à mes souffrances en me perçant le cœur de l'un de ses talons aiguilles. Comment tu fais pour avouer à une femme sur qui tu as des vues que tu es un lâche ? Comment tu lui expliques que des types t'ont terrorisé et que tu dois aller voir un salopard obèse dans l'espoir qu'il règle le problème et te permette de retrouver un jour le sommeil ?

La réponse, c'est que tu ne le fais pas. Beaucoup n'ont que le mot « franchise » à la bouche, mais la vérité, c'est que c'est quelque chose de rare. La plupart des gens ne sont pas francs avec eux-mêmes, alors comment peuvent-ils espérer l'être avec les autres ? Moi, au moins, je suis franc avec moi-même. Je sais que je suis un lâche, et je n'en ai pas honte. Je préfère fuir le danger si cela me permet de rester en vie. Et tant pis si certains y trouvent quelque chose à redire. Évidemment, il était hors de question que j'explique ça à cette sublime institutrice qui me regardait avec la tête légèrement inclinée sur le côté et un sourire à faire fondre l'acier.

« Il faut que je parle à mon boss. Rien de très passionnant. Qu'est-ce que tu vas mater sur Netflix ?

— Un problème au club ? Tu sais, ma copine Juliet adore cet endroit. Tu l'as sûrement déjà croisée. À peu près ma taille, des cheveux violets… ?

— Tous les soirs, je vois défiler des centaines de filles avec une teinture violette, bleue, verte ou rose. La prochaine fois, dis-lui de passer me voir. Je préviendrai Manny pour qu'il lui offre des verres.

— Vraiment ?

— Ben ouais. D'ailleurs, pourquoi tu viendrais pas avec elle ?

— Tu sais bien que je ne bois pas d'alcool.

— On sert aussi du jus de pomme. »

Elle a baissé les yeux vers ses clés pour me faire comprendre que la conversation était terminée. J'aurais voulu dire quelque chose, n'importe quoi, pour que ce moment dure un peu plus longtemps. Pas dans l'espoir qu'il se passe quelque chose entre nous, non. C'était simplement que parler avec elle avait un effet apaisant sur moi – ça me permettait de repousser temporairement l'horreur tapie dans le tréfonds de mon cerveau.

« Bon, comme je disais, je vais aller faire une sieste. À la prochaine ! m'a-t-elle lancé en poussant la porte de son appartement.

— Repose-toi bien, Yoli. »

J'ai marché jusqu'à la poubelle qui me servait de voiture et je me suis installé au volant. Soudain, j'ai ressenti un frisson d'angoisse à l'idée de tout déballer à Guillermo. En effet, il y avait toutes les chances qu'il ne tienne aucun compte de la menace d'Indio et qu'il refuse de bouger le petit doigt pour m'aider. Mais je me suis dit que Consuelo serait là, et la perspective de la voir m'a donné le courage de tourner la clé dans le contact.

Consuelo habitait avec Guillermo, même s'ils n'étaient pas de la même famille et qu'ils n'entretenaient pas de relations particulières, au sens où on l'entend généralement. En fait, la seule chose qui était de notoriété publique, c'était que Consuelo avait un jour sauvé la vie de Guillermo et que depuis, ils logeaient sous le même toit. À vrai dire, cette situation un peu inhabituelle n'était pas vraiment un sujet de conversation, pour la simple et bonne raison qu'il n'y avait pas grand-chose à en dire. Guillermo était le boss, si on faisait abstraction de son frère qui gérait tout le business depuis un bureau clinquant de Dallas, où il passait pour un homme d'affaires respectable.

Quoi qu'il en soit, Consuelo était tout pour moi. La première fois que je l'avais rencontrée chez Guillermo, elle m'avait proposé de revenir la voir pour une *limpia* – une séance de « purification spirituelle ». Je ne connaissais personne à Austin, alors j'avais attendu quelques jours et j'y étais retourné.

Après la séance, elle m'avait servi un café. Ce jour-là, je lui avais tout déballé : ma vie à Mexico, mes ennuis, le fait que je me considérais comme un lâche pour avoir fui vers les États-Unis dès que la situation avait dégénéré. J'avais fini en larmes dans ses bras, avec elle qui me répétait : « Calme-toi, mon petit, tout va s'arranger. »

Après avoir prouvé à Guillermo que je maîtrisais suffisamment l'anglais pour travailler pour lui, je me suis retrouvé du jour au lendemain à passer le voir presque quotidiennement pour lui remettre la recette de la veille et lui faire un rapport détaillé de la soirée. Je suis sûr que c'était sa façon de me tester, de vérifier que je ne tapais pas dans la caisse ou quelque chose comme ça. Chaque fois, j'en profitais pour passer du temps avec Consuelo. Grâce à elle, je me sentais aimé, bienvenu, important. Quand je venais, elle me préparait toujours quelque chose à manger. Du *menudo*. Du *pozole*. Des *tamales*. Du poisson frit. Des *enchiladas* rouges ou vertes. Des *chilaquiles*. Du *mole*. Des *chiles en nogada* avec du maïs frais. Des *tacos*. Peu importait le plat, c'était toujours divin.

Mais c'étaient surtout nos conversations que je recherchais. Assez rapidement, Consuelo est devenue ma confidente, mon guide spirituel, une espèce de mélange entre une mère et une grand-mère. C'est la première personne que j'ai aimée après avoir quitté mon Mexique natal, à une époque où je me sentais seul et triste, et où je pensais que ça ne s'arrangerait jamais. C'est la première personne de qui je me suis vraiment rapproché après avoir fait vœu de ne plus jamais m'attacher à qui que ce soit.

Consuelo était la lumière, elle était la paix.

Elle avait toujours été là pour moi et, à cet instant, j'avais plus que jamais besoin d'elle.

4

Esprits malins
Le Mexique est un monstre
La lumière – Œuf tiède – Chiens
Ogún

De l'autre côté de la vitre, la ville défilait comme si de rien n'était. Des gens faisaient leur jogging, d'autres se baladaient à vélo ou promenaient leur chien. La brutalité à laquelle j'avais assisté la veille n'avait pas sa place à Austin, elle était typiquement mexicaine. Les yeux d'Indio, par contre, venaient d'ailleurs. D'un endroit qui n'en est pas un, un espace habité par le Malin. Chaque fois que je revoyais son regard, j'avais l'impression que la mort m'effleurait la colonne vertébrale de ses doigts froids et squelettiques. J'ai demandé une fois de plus à la Santa Muerte de me protéger, et j'ai repensé à chez moi.

Le Mexique est un monstre insatiable. Un lieu sinistre où le mal se tapit dans l'ombre et où l'on risque à tout moment de tomber sur la lie de l'humanité. Mexico est une bête grise qui se nourrit chaque jour de neuf millions d'âmes. Ces imbéciles d'Américains ne s'intéressent qu'à ce qui se passe aux abords de la frontière parce que c'est tout près d'eux – ils sentent l'odeur du sang et ils voient quelques cadavres. Mais le véritable cœur du pays, c'est Mexico. Un cœur noir, pollué, où des corps sont repêchés dans les égouts, où des femmes sont violées dans des bus sous des yeux qui prétendent ne rien voir, et où des gens disparaissent régulièrement sans laisser la moindre trace.

À Mexico, personne n'est intouchable.

Cependant, si étrange que ça puisse paraître, cette ville me manquait. J'en étais parti pour échapper à la mort, et voilà que, cinq ans plus tard, l'histoire se répétait. Sauf que cette fois, je ne voyais pas où j'aurais pu trouver refuge. Austin, c'était chez moi, désormais. Je n'aurais pas su expliquer pourquoi, c'était comme ça.

Si Austin se distingue de Mexico par beaucoup d'aspects, la différence n'est parfois pas si flagrante. Sous des dehors charmeurs, elle est aussi moche que n'importe quelle mégapole. Au premier abord, on pourrait croire qu'il ne s'y passe jamais rien de mal : le jour, les enfants jouent sur les trottoirs et dans les innombrables parcs ; la nuit, des milliers de panneaux lumineux semblent éloigner le danger. Mais c'est un leurre. Le centre-ville est rempli de junkies et l'East Side grouille de gens qui se sont tournés vers le crime parce que seules la municipalité, l'université et les start-up qui poussent comme des champignons ont du boulot à proposer, et qu'elles ne recrutent que des gens surdiplômés qu'elles font venir des quatre coins du pays. Et ensuite, il y a les gens comme Guillermo, des parasites qui vivent aux dépens de la ville et de ses vices, tels les rémoras dodus qu'on voit collés aux flancs des requins. Bref, tout comme New York, on peut dire qu'Austin est une belle ville, c'est-à-dire qu'elle a l'air parfaite si on n'y regarde pas de trop près.

Le trajet jusque chez Guillermo était rapide. Il habitait dans une petite rue pas très loin de l'autoroute 1 qui marque la frontière entre les quartiers peuplés par les Mexicains et les Noirs à l'est, et les résidences cossues des Blancs aisés à l'ouest.

Je me suis garé devant chez lui et, au lieu de frapper à la porte, ce qui a tendance à déclencher les aboiements de la meute de chiens de Consuelo, je lui ai envoyé un texto. Il m'a répondu presque dans la seconde pour me dire d'entrer.

Sa maison de plain-pied comptait trois pièces, dont un salon avec une moquette beige défraîchie sur laquelle trônait un énorme canapé marron en L. Une télé à peine plus petite qu'un écran de cinéma occupait tout le mur qui lui faisait face, mais je ne l'avais jamais vue allumée. Et pour cause, Guillermo passait tout son temps dans la chambre qui se trouvait juste à côté.

Comme je m'y attendais, Consuelo était dans la cuisine, en robe de chambre – elle en avait plusieurs, et celle-là était bleu foncé avec des fleurs rouges. En me voyant entrer, elle a souri, et je lui ai souri en retour. Mais presque aussitôt, ses deux sourcils se sont rapprochés, tels deux béliers poilus en plein affrontement.

« Oh, mon petit, tu es cerné par l'obscurité !

— Je sais, j'ai passé une mauvaise nuit. »

J'ai dit cela du ton le plus neutre possible, mais je savais qu'elle lisait en moi comme dans un livre ouvert et qu'elle pouvait voir la chose qui me suivait partout comme un nuage noir de dessin animé.

« Viens, Fernando, viens. »

Je suis entré dans la cuisine. Consuelo a écarté les bras, ses six chiens au garde-à-vous à ses pieds. J'ai accepté son étreinte et j'ai posé la tête sur son épaule. Il émanait d'elle un parfum de nourriture délicieuse et cette odeur de grand-mère si particulière qui te transperce jusqu'à l'âme et te ramène en enfance. Elle m'a caressé la tête et, l'espace d'un instant, je me suis imaginé faire une sieste dans cette position, car je savais que tant que je restais entre ses bras tout chauds, il ne pourrait rien m'arriver. Sa simple présence suffisait à chasser les pensées les plus sombres. Après quelques secondes, elle a fini par s'écarter et elle a tiré une chaise pour que je m'assoie. Après quoi elle s'est dirigée vers le frigo, suivie de près par ses chiens – c'était comme si elle les tenait par une minuscule laisse invisible.

Quand elle a refermé la porte du réfrigérateur et qu'elle s'est tournée vers moi, j'ai vu qu'elle tenait un œuf dans la main droite.

« Tu n'es pas obligé de me dire ce qui t'est arrivé, mon petit, mais laisse-moi au moins t'offrir une *limpia*. Je te promets que ça te fera du bien.

— Tu connais Nestor ?

— Le garçon qui travaille avec toi ?

— Oui.

— Qu'est-ce qui s'est passé ? Il s'en est pris à toi ?

— Non, non. D'ailleurs, il y a peu de chances qu'il s'en prenne encore à qui que ce soit. Il a été tué, hier soir. J'étais là.

— Qui l'a tué ?

— Je sais pas. Des *mareros* de la Salvatrucha. Des sales types. Ils avaient un message pour Guillermo. C'est pour ça que je suis là.

— Ce n'est pas rien de voir quelqu'un mourir, Fernando, son fantôme peut s'attacher à toi et te demander de venger sa mort. C'est une très, très grosse responsabilité. Mais un simple fantôme n'explique pas ce que je vois autour de toi. Cette chose qui t'enveloppe est plus lourde. Plus dangereuse. Ça ne me plaît pas. Il faut absolument que tu trouves le moyen de t'en débarrasser, mon petit. Tu ne peux pas continuer comme ça. »

Un des chiens a poussé un aboiement, comme pour ponctuer les propos de la vieille femme. Quand j'ai baissé la tête, j'ai vu qu'il me regardait avec dans les yeux une intelligence dont étaient cruellement dépourvus la plupart les gens à qui je devais parler chaque soir.

« L'homme qui a fait ça, il s'appelle Indio. Il avait les yeux noirs. Et beaucoup de tatouages qui… Je sais pas, on aurait dit qu'ils bougeaient. Quand il a tué Nestor, il a prononcé une espèce de prière bizarre dans une langue inconnue. Quelque chose en rapport avec "Ogún". Ça m'a fait tout froid à l'intérieur. J'ai eu tellement peur. Et ça veut pas passer. »

Consuelo m'a examiné attentivement. Lui confier que j'avais peur était ma façon de lui demander de me protéger. C'était le genre de femme à qui on ne peut pas mentir, parce qu'elle arrive à voir derrière le masque. Elle s'est approchée de moi, suivie de près par sa petite meute. La plus âgée de la bande, une chienne marron et noir qu'elle avait baptisée Kahlúa, a levé la tête vers moi et s'est mise à gémir. Les chiens de Consuelo n'étaient pas méchants, mais je m'en méfiais, parce qu'ils semblaient avoir conscience de tout ce qui se passait autour d'eux. C'était comme s'ils arrivaient à communiquer avec Consuelo et à comprendre n'importe quelle conversation.

Consuelo a posé une main sur mon épaule.

« Ogún est le dieu du fer et de la guerre. C'est un dieu violent. L'homme qui a tué Nestor lui offrait sûrement son sang en sacrifice. Eleggué ouvre la route, mais c'est Ogún qui dégage le chemin avec sa machette. Les disciples d'Ogún portent des colliers vert et noir et ils prient pour lui chaque fois qu'ils prennent une vie. *Ogún oko dara obaniché aguanile ichegún iré.* Par cette prière, ils demandent à Ogún d'accepter le sacrifice et ils espèrent chasser les esprits vengeurs. Car les vibrations que laissent les morts derrière eux sont très puissantes, Fernando. En soi, Ogún n'est pas mauvais, si ceux qui prient pour lui sont des gens bons, des gens à l'esprit pur. C'est le protecteur des forgerons. Mais c'est aussi le dieu des guerriers, et j'ai l'impression que ton Indio appartient à cette catégorie, mon petit. C'est un tueur.

— Nando, ramène ton cul par ici ! »

La voix de Guillermo a mis fin au discours de Consuelo, qui s'est tournée vers le couloir et a secoué la tête.

« Va le voir, mon petit. Raconte-lui ce qui s'est passé. Ces hommes sont fous. Mais Guillermo a l'habitude des fous, il saura quoi faire. Quand tu en auras fini avec lui, reviens me voir pour la *limpia*. Et je t'apprendrai aussi une *novena*, une prière à réciter pendant neuf jours. Tu en auras bien besoin. »

J'ai fait oui de la tête et je me suis levé.

Guillermo était assis dans un fauteuil inclinable marron. Sur la table basse devant lui était posée une petite télé. À l'écran, deux femmes noires se hurlaient dessus en agitant des mains aux ongles si longs qu'elles devaient se perforer le cerveau chaque fois qu'elles se curaient le nez. Leurs cris se mêlaient à la musique qui s'échappait d'un transistor posé par terre, à côté du fauteuil. Une chanson nasillarde avec beaucoup d'accordéon qui m'a aussitôt ramené cinq ans en arrière, aux côtés du *coyote* silencieux dans la camionnette à l'odeur fétide. Je n'ai jamais compris pourquoi Guillermo avait toujours la télé et la radio allumées en même temps. Dans un coin de la pièce, sous l'unique fenêtre, se trouvait une chaise sur laquelle était posée une vieille tunique, une *guayabera* bleue – d'après Guillermo, la chemise avait jadis appartenu à Niño Fidencio, et il avait déboursé deux cents dollars à un marché aux puces pour en faire l'acquisition. Sous la chaise brûlait une bougie à l'effigie du célèbre guérisseur mexicain. Guillermo sortait rarement de chez lui, mais il se débrouillait toujours pour avoir un stock de bougies. Enfin, à côté de la chaise était posé un coq de combat empaillé, les plumes ébouriffées et le bec ouvert. La bestiole aurait fait faire des cauchemars au gamin le plus intrépide du quartier.

« *Hola, mi amigo.* »

La voix de Guillermo me faisait penser au coassement d'une grenouille. On aurait dit qu'il était tombé de tout son poids sur le fauteuil. Son énorme ventre dépassait de sa chemise jaune et il portait un short bleu trois fois trop petit pour lui. Il avait le visage détendu, les pupilles dilatées comme des soucoupes. En me voyant, il s'est mis à sourire, mais comme au ralenti – le genre de tête qu'on fait quand on regarde quelqu'un et qu'on se souvient d'une connerie qu'il a dite. Je n'ai pas eu besoin de lui poser la question pour savoir qu'il venait de se faire un fix. Finalement, peut-être que ce n'était pas le meilleur moment pour lui parler de ce qui s'était passé la veille.

« Comment ça va, Guillermo ? » j'ai répondu en

anglais, parce que je savais que son espagnol se limitait à « *Hola, mi amigo* » et à commander des *tacos*.

Par peur que leur fils ne s'intègre pas, ses parents ne lui avaient jamais appris l'espagnol. Abrutis.

« Je sais pas, Nando. À toi de me le dire. Je t'attendais pas avant vendredi, voire samedi matin, mais tu es là, et je comprends au ton de Consuelo qu'elle est inquiète. Quand tu viens ici pour discuter et pas pour m'apporter du pognon, en général, c'est parce que tu as besoin de quelque chose. »

Il avait raison, et je ne lui en voulais pas. C'était mon boss. Il se chargeait de me fournir la drogue, je me chargeais de la vendre et de lui rapporter le fric, là s'arrêtait notre amitié. Et en plus, c'est vrai qu'au début, je lui avais demandé son aide pour des bricoles, comme obtenir un faux permis de conduire américain ou acheter une voiture avec un certificat d'immatriculation falsifié. Même si je n'avais plus fait appel à lui pour ce genre de choses depuis des années, il ne se gênait pas pour me rappeler le nombre de services qu'il m'avait rendus. Je travaillais dur et je ne lui avais jamais volé le moindre cent, alors je me disais qu'on était quittes.

Guillermo a fermé les yeux et laissé retomber son triple menton sur sa poitrine. Je pouvais presque voir l'héroïne parcourir ses veines et je savais que si je parlais trop longtemps, il risquait de basculer vers un nirvana artificiel. Il fallait que je lui dise quelque chose qui lui fasse l'effet d'une claque. Quelque chose qui le sorte pour de bon de sa torpeur.

« Nestor s'est fait buter, hier soir. Devant moi. Le type l'avait ligoté à une chaise. Il lui a coupé la tête avec un couteau. »

Guillermo s'est redressé et ses yeux se sont transformés en deux petites fentes. L'espace d'une seconde, j'ai cru qu'il allait éclater de rire en pensant qu'il s'agissait d'une blague. Au lieu de quoi il a levé sa main très lentement et a commencé à lisser sa moustache de morse.

« Assieds-toi et dis-moi ce qui s'est passé. »

Alors que je prenais place sur la chaise, j'ai pris conscience qu'il régnait dans la pièce une odeur de transpiration et de pet.

Je me suis mis à lui raconter toute l'histoire jusqu'à ce que je sois obligé de m'arrêter. Les images me revenaient et m'empêchaient de respirer. J'avais envie de pleurer, de courir jusqu'à la cuisine et de demander à Consuelo d'utiliser sa magie pour chasser tous les mauvais souvenirs.

« Ça va ? »

Une question débile. Ça n'allait pas et ça n'irait pas avant très longtemps. La seule chose qui me restait à faire, c'était tenir le coup et je n'étais pas sûr d'en avoir la force.

« Un certain Indio voulait que je te transmette un message.

— Un message ?

— Il a dit qu'il voulait récupérer le contrôle du centre-ville entre l'I-35 et l'autoroute 1, et entre Martin Luther King Boulevard et le fleuve. Il a dit qu'il te laissait le reste et que…

— Attends, attends, attends… »

Je ne savais pas si c'était son cerveau défoncé qui mettait du temps à enregistrer ce que je lui disais ou si c'était simplement qu'il n'était pas sûr d'avoir bien entendu.

« Tu es en train de me dire que cet enculé a buté Nestor et qu'il veut récupérer tout le centre d'Austin ?

— Il a aussi dit que tu pouvais accepter de bosser pour eux.

— Ben tiens ! Donc je me casse le cul comme avant, mais au lieu de garder le fric, je le refile à des petits connards de la MS-13 avec des tatouages plein la gueule ? C'est ça l'idée, Fernando ? Est-ce qu'il t'a dit s'il bossait pour un cartel, au moins ? Est-ce qu'il a parlé du cartel de Sinaloa ? Du cartel du Golfe ? »

Plutôt qu'énervé, Guillermo semblait surpris, voire un peu amusé, comme si ce que je lui racontais n'était qu'une vaste plaisanterie. Peut-être que c'était à cause de la drogue qui coulait dans ses veines.

« Non, Guillermo. Ils ont juste dit qu'ils étaient de la Salvatrucha et qu'ils venaient prendre le pouvoir. Ils ont tué Nestor et ils m'ont bien fait comprendre qu'ils avaient pas peur de faire couler encore plus de sang si tu refusais leur proposition.

— Écoute, Nando, je t'aime bien. T'es toujours à l'heure, tu bosses dur et, contrairement à d'autres, tu laisses pas le pognon te brûler les doigts. Même si tu gobes des cachetons, j'ai pas à me plaindre de ton travail – quand tu m'apportes la recette de la soirée, il manque jamais le moindre dollar. Mais là, c'est n'importe quoi. Il est hors de question que je décroche mon téléphone pour demander à mon frère d'envoyer des renforts sous prétexte que quelques *mareros* t'ont fait flipper. Tu sais aussi bien que moi qu'Austin appartient aux Zetas. Tout le monde le sait. Si les guignols qui t'ont kidnappé et qui ont buté Nestor l'ignorent, je te promets qu'ils vont pas tarder à le découvrir. Et à ce moment-là, s'ils sont encore en vie, ils pourront toujours aller tenter leur chance en Californie si ça les amuse. Les gars de la Salvatrucha ont du pouvoir au sud de la frontière, mais pas ici. Des crétins prêts à se prendre une balle pour quelques dollars, des dingos de la violence incapables d'assurer leurs arrières. C'est bien pour ça que La Eme les envoie régulièrement en mission suicide. En tout cas, moi, ils m'ont jamais inquiété, et c'est pas aujourd'hui que ça va commencer. »

Guillermo s'est interrompu et m'a regardé sans rien dire pendant quelques secondes. Chaque fois qu'il clignait des yeux, j'avais l'impression que ça lui demandait un effort surhumain de soulever les paupières.

« Je sais bien que c'est les Zetas qui contrôlent Austin et qu'il faudrait être complètement taré pour tenter de s'en prendre à nous, Guillermo, mais c'est ce que ces *mareros* ont fait. Indio est pas comme les types de la Salvatrucha que j'ai pu rencontrer par le passé. La souffrance des autres lui procure du plaisir. Pendant qu'il coupait la tête de Nestor, il avait un grand sourire. Il est assez fou pour me tuer et venir ensuite s'en prendre à toi. Tu sais que je suis pas du genre à te mentir, Guillermo. Je te parle pas de gamins qui veulent jouer les caïds, là. Ces mecs avaient la peau recouverte de tatouages. Clairement, ils ont tous passé un bon bout de temps en taule.

— Tu crois vraiment que ces fils de putes représentent une menace ? »

J'aurais voulu lui parler des yeux d'Indio. J'aurais voulu lui expliquer qu'il y avait un truc au fond du seau blanc, et que ce truc avait bouffé les doigts sectionnés de Nestor. Malheureusement, mon cerveau était incapable de trouver une combinaison de mots qui ne me fassent pas passer pour un illuminé.

« Ils ont coupé la tête de Nestor, Guillermo…

— Bon, si tu penses qu'il faut les prendre au sérieux, je vais passer un coup de fil à Neal et lui demander de se mettre à la recherche de nouveaux venus au visage tatoué. S'ils viennent de débarquer, ils doivent forcément se trouver quelque part en ville, à picoler, à fumer et à baiser des putes. J'ai confiance en lui, il saura trouver les mots qu'il faut. »

Neal était une montagne de muscles qui avait joué au football américain pour l'université du Texas dans sa jeunesse. Un jour, un de ses coéquipiers avait trouvé des magazines pornos gay dans sa voiture et avait eu la mauvaise idée de se foutre de sa gueule. Neal l'avait cogné jusqu'aux portes de la mort, puis il l'avait violé et abandonné en pleine rue, le cul en sang et pas mal de dents en moins. Si Neal s'était évidemment fait virer de la fac aussi sec, il avait néanmoins échappé à la prison, car le type qu'il avait massacré avait renoncé à porter plainte. Neal n'avait plus jamais rejoué au football et, depuis cet incident, il louait ses services d'agent de recouvrement à différents caïds de la ville. En général, il n'avait pas besoin de se servir de ses poings ; sa simple carrure suffisait à convaincre même les plus réticents de rembourser leurs dettes. Malheureusement, je ne pensais pas que Neal était l'homme de la situation, car les types qui m'avaient kidnappé n'étaient pas du genre à se laisser impressionner par un golgoth aux muscles proéminents.

« Si tu envoies Neal à leur recherche et qu'il a le malheur de les trouver, tu auras sa mort sur la conscience. Sans compter que ces enfoirés risquent de le prendre comme une insulte et de te le faire payer très cher. »

Guillermo n'étant vraiment pas du genre à se laisser contredire, je m'attendais à ce qu'il se mette à me hurler dessus. Mais non, il a soupiré en se frottant le bras et il a regardé la *guayabera* sur la chaise. Quand il a repris la parole, sa voix était plus calme que ce à quoi je m'attendais.

« Tu penses qu'il vaut mieux que je demande à Raúl d'envoyer El Príncipe ? Ce taré ferait flipper n'importe qui avec ses attitudes de cow-boy, même s'il y a toujours un risque qu'il se foute une balle dans les couilles avec son propre flingue. »

El Príncipe – le Prince – était un gars sans qui le frère de Guillermo ne se déplaçait jamais. Il était né à Porto Rico dans une famille aisée et s'était mis à vendre de la drogue parce qu'un pote lui avait assuré que s'il voulait percer dans le *reggaetón*, il devait d'abord se bâtir une solide réputation de gangster. Il avait participé à quelques mixtapes et, dans ses chansons, il se la racontait un maximum : à l'entendre, il vendait kilo sur kilo, brassait des tonnes de fric, butait tous ses ennemis et passait ses nuits à baiser. Et puis un jour, un autre chanteur, un mec qui se faisait appeler Killa ou un truc dans le genre et qui avait passé quelques années en cabane pour détention d'arme à feu et possession de stupéfiants, avait sorti une chanson où il traitait El Príncipe de fils à papa et de Ja Rule portoricain. Évidemment, ça n'avait pas plu du tout à El Príncipe, qui était aussitôt allé trouver le gars et lui avait mis deux balles dans la tête. Après ça, il avait quitté son île pour la Floride et avait abandonné ses rêves d'artiste au profit d'une carrière de tueur à gages. Par contre, je n'avais aucune idée de ce qui l'avait mené à poser ses valises à Dallas.

« Non, j'ai répondu. El Príncipe est incapable de s'occuper de gens vraiment dangereux. Il se fait tout le temps remarquer, il parle trop… Bref, il est ingérable. Pour lui, le business, c'est comme dans un clip sur MTV. Ce mec se croit dans un jeu vidéo.

— Alors qu'est-ce que tu veux que je fasse ? a aboyé Guillermo. Que je recrute une armée et que je fasse fouiller chaque taudis d'East Austin jusqu'à ce que je déniche tes gus ? On peut pas se permettre d'attirer l'attention, Nando. On n'est pas à La Nouvelle-Orléans ni à Détroit, ici. À Austin, on fait les choses différemment et tu le sais très bien. »

Le visage de Guillermo s'est plissé, comme s'il venait de sentir une odeur de viande avariée.

« Pas besoin d'une armée, j'ai rétorqué. Passe simplement un coup de fil au Russe et dis-lui que t'as besoin qu'il retrouve quatre *mareros* tatoués qui conduisent une énorme bagnole bleue avec des jantes à rayons.

— Le Russe ? T'es sérieux ? Tu crois vraiment que ces types sont si dangereux que ça ? »

Le Russe était un homme d'une quarantaine d'années, d'apparence quelconque, qui parlait anglais avec un accent à couper au couteau et qui, officiellement, tenait une pépinière. En réalité, c'était une ombre faite de rasoirs, un fantôme qu'on ne voyait qu'une fois qu'il était trop tard. Tous ceux qui avaient eu un jour recours à ses services se montraient très satisfaits, et personne n'osait dire du mal de cet homme qui semblait avoir des yeux et des oreilles partout. Si vous aviez besoin de faire disparaître quelqu'un sans laisser de traces, c'était l'homme qu'il vous fallait. En plus, il pratiquait des tarifs défiant toute concurrence.

« Je te garantis que ce sera pas de l'argent foutu en l'air, Guillermo. T'as pas vu de quoi sont capables ces *mareros*. Moi, si. Et je suis pas près de l'oublier. »

J'ai arrêté de parler lorsque je me suis rendu compte que j'étais sur le point de verbaliser une pensée qui tournait dans ma tête sans que j'en aie eu conscience : si Guillermo refusait de faire appel à quelqu'un comme le Russe, il ne me resterait qu'à faire mes valises et à m'évanouir dans la nature, comme je l'avais déjà fait une fois.

« Écoute, Nando, je te crois. Et pour te le prouver, je suis prêt à verser dix mille dollars au Russe. Ça fait beaucoup de pognon, mais si la menace est aussi sérieuse que tu le dis, j'imagine que c'est un bon investissement. Quand tu l'auras au téléphone, dis-lui de récupérer le fric auprès de Sandra. Tout ce que je te demande, c'est de pas me mêler à ça. Préviens-moi seulement quand ce sera réglé. De mon côté, je vais appeler mon frère pour lui poser deux ou trois questions. Peut-être qu'il sait quelque chose ou qu'il connaît quelqu'un qui a entendu parler de ces enculés. Par contre, si tu t'es foutu de moi ou si j'apprends que ces types sont des petits branleurs sans envergure, je te promets qu'en plus de me rembourser les dix mille dollars, tu vas morfler.

— *Gracias*, Guillermo.

— Appelle-le aujourd'hui. Je tiens pas à ce que cette histoire t'empêche de bosser. Tu vas au club, ce soir ?

— Oui, oui, j'y serai.

— C'est vrai qu'ils t'ont enfermé dans le coffre de leur bagnole ?

— Ouais. Après m'avoir à moitié assommé.

— Ta tête, ça va ?

— Mieux que celle de Nestor.

— Bon. De toute façon, on peut plus rien faire pour lui. Laisse le Russe s'en occuper, et tiens-moi au courant du résultat.

— Ça marche, Guillermo.

— Est-ce que Consuelo était en train de faire à manger quand tu es arrivé ? »

La question m'a pris au dépourvu et j'ai dû réfléchir quelques secondes. Je n'avais rien senti, alors que quand Consuelo était aux fourneaux, ça embaumait en général jusque dans la rue.

« Non, je crois pas.

— Bon. »

Guillermo s'est tourné vers la télé. Les deux femmes noires avaient laissé la place à un plateau où deux experts en costard bleu discutaient de la construction du mur à la frontière en échangeant des sourires carnassiers. Je me suis levé, j'ai marmonné un au revoir mélangé à un merci, et je suis sorti de la pièce en songeant que, pour la deuxième fois de la journée, j'avais envie de manger des *tamales*.

Consuelo m'attendait dans la cuisine. Elle avait toujours l'œuf à la main.

« Assieds-toi, mon petit, ce sera rapide. »

Je me suis exécuté. Kahlúa me regardait de ses yeux si humains. Dans ses pupilles, je pouvais lire le calme et la sérénité, mais également une part d'inquiétude. Une part de peur. J'ai failli sursauter quand Consuelo m'a touché la tête.

Elle a récité une prière à voix basse tout en me frottant les cheveux, la poitrine, le dos et les épaules avec l'œuf. Kahlúa s'est approchée et a posé la tête sur ma cuisse droite avant de se mettre à gémir. Une seconde plus tard, deux autres têtes se posaient sur ma cuisse gauche. Une sensation rassurante.

Après quelques minutes, Consuelo a arrêté de prier et de me frotter avec l'œuf. Elle a fait un pas en arrière et a posé sur moi deux yeux fatigués. Quand j'étais entré dans la pièce quelques instants plus tôt, elle avait semblé en pleine forme, mais à présent, c'était comme si elle n'avait pas dormi depuis trois jours. Elle m'a attrapé la main et a placé l'œuf à l'intérieur.

« Emporte ça dehors et jette-le. Mais ne le fais pas devant la maison et prends garde à ne pas t'éclabousser. Quand tu le jetteras, pense à toutes les horreurs que tu as vues. Ça ne réglera pas tous tes problèmes, mais ça devrait enlever un peu du poids que tu portes sur les épaules. Ah oui, et n'oublie pas la *novena*. Place neuf bougies blanches au pied de la Santa Muerte. Elle t'aidera. La Dame blanche n'abandonne personne. »

Elle m'a tendu quelques pages arrachées à un carnet et recouvertes de son écriture très lisible. Je devais prononcer ces longues prières neuf jours d'affilée. Un instant, j'ai songé qu'elle ne pouvait pas avoir eu le temps d'écrire tout ça pendant que je discutais avec Guillermo.

Je me suis levé, j'ai plié les pages et je les ai enfouies dans ma poche.

« *Gracias*, Consuelo.

— *De nada*, fils. Reviens vite me voir. »

Il y avait dans sa voix un sentiment d'urgence que je

ne lui connaissais pas. Je lui ai souri, un peu rasséréné par la *limpia*, et j'ai baissé les yeux vers ses chiens.

« C'est fou comme ces bestioles t'adorent, Consuelo.

— Moi aussi, je les adore. Ce sont de vieilles âmes qui expient leurs péchés, à quatre pattes. Nous sommes nombreux à devoir en passer par là. Mon rôle est de les aider dans leur transition. »

Je n'avais aucune idée de ce qu'elle voulait dire, mais la profonde douleur qui se lisait sur son visage m'a dissuadé de lui poser la question. Je l'ai prise rapidement dans mes bras, puis j'ai tourné les talons et je suis sorti.

Une fois sur le trottoir, j'ai regardé l'œuf dans ma main. Il n'était pas sorti du frigo depuis très longtemps, mais il était tiède, comme s'il avait été passé au micro-ondes. Suivant les directives de Consuelo, je me suis éloigné.

Trois ou quatre maisons plus loin, j'ai levé la main et j'ai lâché l'œuf, qui s'est brisé sur le bitume. Aussitôt, un épais liquide noir s'en est échappé, semblable à de l'huile de vidange. À la lumière du soleil, on aurait dit qu'il y avait quelque chose qui remuait à l'intérieur. Je me suis penché pour mieux regarder et j'ai vu quelques petits vers tout fins qui s'agitaient dans cette espèce de mélasse. Un frisson m'a parcouru la nuque. Il était temps de rentrer à la maison réciter les prières.

5

Bougies blanches
Manteau sacré – Le Russe
Pépinière Ved'ma – *Tatuirovannyye litsa*
Sale enculé

Si j'ai réussi à m'adapter aussi vite à la vie à Austin, c'est en partie parce que malgré le nombre de Blancs qui y habitent, il n'y a pas besoin de gratter beaucoup pour retrouver le sang mexicain qui coule dans les artères de la ville. Non seulement on y trouve du *menudo*, du *chicharrón*, de la *tequila* et des *tacos* aussi facilement que de l'autre côté de la frontière, mais il y a aussi des stations de radio qui passent exclusivement de la musique *norteña*, des magasins qui ne vendent que des produits mexicains – dont des bougies blanches –, des églises qui proposent tous les jours de la semaine des messes en espagnol, et plein d'autres choses encore qui font que malgré la distance, on s'y sent comme à la maison.

Une fois mes neuf bougies disposées devant la Santa Muerte, j'ai sorti de ma poche les feuilles que m'avait données Consuelo. Je voulais appeler le Russe pour régler cette sale histoire le plus vite possible, mais quelque chose me disait qu'il valait mieux que je m'occupe d'abord des prières. J'ai donc allumé une des bougies et je me suis mis à lire, remarquant au passage que Consuelo avait laissé des trous pour mes requêtes spécifiques.

Prière à la Santa Muerte
Jour 1

Ô Santísima Muerte, les faveurs que tu m'accorderas m'aideront à surmonter toutes les difficultés, à vaincre tous mes ennemis, et à rendre possible l'impossible. Je ne rencontrerai sur ma route aucun obstacle que je ne pourrai franchir, et je ne croiserai aucun ennemi susceptible de me faire du mal. Tous les hommes seront mes amis et tout ce que j'essayerai, je le réussirai. Grâce à ta protection, mon foyer connaîtra la sérénité. Santísima Muerte, si je t'adresse cette prière, c'est pour te supplier de me protéger d'Indio et de tous ceux qui travaillent pour lui. Que leurs balles ne puissent me toucher avant que ta sainte faux ne les atteigne et ne les chasse de mon chemin. Je t'en supplie, accepte de m'accorder les faveurs que je te demande aujourd'hui. Que ta volonté soit faite.
Ô, Mort sacrée, Relique de Dieu, chasse la peine de mon âme et retire les obstacles de ma route ! Que ton désir infini de faire le bien soit toujours avec moi. Depuis ton foyer céleste, Santísima Muerte, protège-moi toujours de ton Manteau sacré.

J'étais censé prononcer trois Notre Père après ça, mais j'ai décidé de m'en passer. Pas besoin de m'adresser à lui alors que j'avais ma très chère Dame blanche pour veiller sur moi. La bougie finirait par s'éteindre, mais avec un peu de chance, elle tiendrait jusqu'au lendemain pour la prière du deuxième jour.

Je me suis laissé tomber sur le canapé, puis j'ai sorti mon portable de ma poche et j'ai appelé le Russe.

Il a répondu à la deuxième sonnerie.

« Pépinière Ved'ma, en quoi puis-je vous aider ?

— Salut, c'est Fernando, j'ai répondu d'une voix haletante – j'étais beaucoup plus stressé que je ne le croyais.

— Nando, ravi de t'entendre. »

Le Russe roulait les « r » comme l'aurait fait un Mexicain, un détail qui m'a toujours fait marrer.

« Et moi, je suis ravi de t'avoir au téléphone. Comment ça va ?

— La vie suit son cours, Nando. Elle nous traîne tous derrière elle, mais comme la mienne ne va pas trop vite pour le moment, c'est supportable. Qu'est-ce que je peux faire pour toi, mon ami ? »

Le moment de vérité était arrivé.

« Il y a des types qui nous veulent du mal, à moi et Guillermo. Ils veulent reprendre le contrôle de la ville aux Zetas. Ils ont tué un ami à moi, il avait une femme et des mômes. Je… je veux qu'ils disparaissent.

— Pas de problème, je peux m'en occuper. Qui sont ces *idioty* et où est-ce que je peux les trouver ?

— Je connais seulement le nom de l'un d'entre eux : Indio. En tout, ils doivent être quatre ou cinq. Des *mareros*. Ils ont tous des tatouages sur le visage. Quand je les ai rencontrés, ils se baladaient à bord d'une vieille voiture bleue avec d'énormes jantes chromées. Je suis quasi sûr qu'ils se trouvent quelque part dans East Austin.

— *Tatuirovannyye litsa ?* Beaucoup de tatouages ? a-t-il demandé.

— Ouais, plein. Indio a carrément le visage tout noir. Il est facile à repérer.

— Tant mieux, ça me facilitera les choses. Guillermo t'a parlé de la rémunération ou est-ce que c'est toi qui me payes ?

— Ouais, Guillermo m'a dit que tu pouvais récupérer le fric chez Sandra.

— Si c'était toi qui payais, je t'aurais fait un prix, mais si c'est Guillermo, je prends tout. Ce *zhir ublyudok* est trop feignant, alors pas de réduction. Et j'aurais préféré que ce soit toi qui me donnes l'argent, comme la dernière fois. J'avais beaucoup aimé notre discussion, que tu me parles de ta Santa Muerte et de ta traversée de la frontière. Cette ville est remplie de gens qui viennent d'ailleurs. Ça me plaît. Ça nous rend invisibles. »

Le Russe a ricané, mais son rire s'est transformé en quinte de toux. La question de la rémunération était réglée et je lui avais dit tout ce que je savais sur les *mareros*. À présent, il ne me restait plus qu'à attendre la fin de ce cauchemar.

« Merci. Préviens-moi dès que… ce sera fait.

— Promis. »

Le Russe a raccroché sans me demander mon numéro et sans me dire combien de temps il pensait que ça prendrait. Mais peu importait, j'étais soulagé de savoir qu'Indio n'allait pas tarder à faire sa connaissance. Ce sale enculé n'était pas près de recouper une tête de sitôt. Bientôt, lui et ses potes tatoués ne seraient plus qu'un mauvais souvenir. Jamais je ne m'étais autant réjoui à la perspective de la mort de quelqu'un.

Après avoir envoyé un texto à Guillermo pour l'informer que j'avais passé le coup de fil, j'ai rempoché mon téléphone. Puis, assis dans le silence de mon salon, j'ai fixé l'obscurité dans les yeux de la Santa Muerte. Pour ceux qui étaient dans ses bonnes grâces, cette obscurité était accueillante, un refuge pour s'abriter de l'orage. Pour les autres, c'était la promesse de la mort – une destruction de l'âme autant que du corps. Cette idée m'a presque redonné le sourire.

6

La frontière revisitée
Le sang des innocents – La *migra*
Putain de petit Blanc de merde
Squelettes

Quand tu traverses la frontière, tu quittes un endroit pour pénétrer dans le néant. Tu troques une réalité connue contre quelque chose que tu dois te forcer à croire, à accepter, à comprendre.

Quand tu traverses la frontière, tu laisses de côté une grande partie de ton identité et tu deviens quelque chose de différent, un spectre de chair composé de souvenirs brisés. Tu abandonnes ta famille, tes amis, ta langue et les rues que tu connais pour te retrouver dans un pays dont tu n'es pas citoyen, où tu n'as aucun droit, et où tu dois te terrer comme un rat par peur d'être découvert. Alors tu changes. Tu te transformes. Tu deviens autre chose. Tu te dépêches d'apprendre l'anglais dans l'espoir que si tu communiques correctement, ta peau brune passera inaperçue. Tu t'habilles comme dans les bandes dessinées que tu dévorais enfant, les livres qu'on te forçait à lire à l'école, les films que tu regardais à la télé, et tu deviens une nouvelle personne. Tu caches tes tatouages et tu découvres que les gens dans la rue ne font attention à toi que si tu parles espagnol en leur présence. Tu fais tout ce qui est en ton pouvoir pour devenir un *gringo*, pour t'intégrer, pour devenir aussi invisible que les fissures sur le trottoir. Ta démarche est hésitante, parce que tout est mystérieux, nouveau et effrayant, et que tu ne te sens jamais le bienvenu.

Quand tu traverses la frontière, celle-ci conserve une partie de toi. Elle te coupe jusqu'à l'os, t'empêchant de cicatriser. Elle perfore des endroits qu'aucune lame ni aucune balle ne peut atteindre et elle te mutile d'une manière que tu ne peux pas comprendre.

Traverser la frontière te bousille d'une manière que tu ne pouvais pas imaginer.

Quand tu traverses la frontière, ton corps devient un aimant qui attire tout le mal accumulé le long de cette horrible ligne de démarcation.

Mort.

Destruction.

Désespoir.

Oubli.

Néant infini.

Nuit éternelle remplie de cris.

Quand tu traverses la frontière, c'est comme si tu traversais une espèce de marais : quoi que tu fasses, tu finis couvert de boue et de saloperies. La frontière est peuplée d'esprits désespérés, d'âmes perdues qui cherchent le chemin du retour, un moyen de revenir à une époque où ils n'avaient pas encore fait de mauvais choix et où ils vivaient dans un endroit qu'ils aimaient, entourés de leurs proches.

La frontière est un endroit où la peur s'insinue jusque dans ta moelle et où le silence que tu dois observer permet aux pleurs des enfants morts de pénétrer ton âme et de te casser en deux comme une vulgaire brindille. La frontière est un endroit où les ossements ne sont jamais enterrés assez profond et où les larmes des familles brisées et le sang des innocents se mêlent aux plantes, à l'air et à la terre. C'est cette noirceur qui donne au fleuve sa couleur verte et son odeur si particulière. Certaines choses ont un fond tout en demeurant insondables. Et l'obscurité infinie tapie dans cette artère de jade pousse certains Blancs à appuyer sur la détente, même si c'est une femme ou un enfant dans le viseur.

Quand tu traverses la frontière, tu voles en éclats, tu cesses d'être toi et tu deviens une nouvelle personne qui n'a sa place nulle part, qui n'a ni foyer ni racines. Revenir en arrière est impossible et avancer équivaut à sauter dans un ravin en croisant les doigts pour qu'il ne soit pas trop profond, pour que les pierres ne t'écorchent pas trop dans ta chute et pour que le monstre qui t'attend au fond ne soit pas trop affamé.

Quand tu traverses la frontière, tu dois être prêt à tout pour survivre, et c'est ça qui te pousse sur la voie du crime. Tu as besoin d'argent, mais faire la plonge ou tondre la pelouse ne paye pas assez. Dans ce pays, l'équité est un concept, rien de plus. Les *gringos* envoient de l'argent en Afrique, ils dépensent des milliers de dollars pour faire couper les couilles de leur chat et pour leur retirer les griffes, mais ils refusent de payer un salaire décent à ceux qui repeignent leur maison. Et si tu as le malheur de te plaindre, ils appellent *la migra*, la police aux frontières. Ordures. Pourquoi faire des choses que tu n'aurais jamais faites dans ton pays ? Pourquoi mettre les mains dans la merde alors que quelques mois auparavant, tu te baladais avec des liasses de billets plein les poches ? Quand tu commences à te faire ce genre de réflexions, il y a deux issues possibles : soit tu sombres, soit tu cherches autre chose.

Quand tu traverses la frontière, tu espères trouver un bon boulot, gagner de l'argent et rencontrer une fille aussi douce que belle. Le rêve américain. Mais c'est des conneries, tout ça. Le rêve américain est aussi factice que le steak dans ton burger à un dollar et que les rires préenregistrés des sitcoms. Et pour toi, c'est encore pire. Tu n'as pas de diplôme, tu n'as pas de qualifications, tu n'as pas d'amis, tu n'as rien. Tu es un problème. Un sans-papiers de plus. Un bouffeur de haricots. Un clando. Un sujet de blagues. Tu es une question sur laquelle débattent les hommes politiques blancs dans le confort de leurs bureaux. Et quand tu en prends conscience, n'importe quelle offre devient alors synonyme de salut, la décision la plus désespérée se transforme en solution idéale, l'idée la plus pourrie te redonne un peu d'espoir. C'est à ce moment-là que tu comprends que tu es engagé dans une guerre silencieuse où tous ceux qui ne sont pas comme toi sont de potentiels ennemis. Et c'est comme ça que tu deviens l'agent de sécurité qui vend de la came à des petits Blancs aisés.

Le désespoir te mène à ton boulot de videur, ton boulot de videur fait rentrer de l'argent dans tes poches et l'argent dans tes poches te donne un sentiment d'accomplissement. Tu parles à Guillermo, qui te met en contact avec un étudiant *gringo* qui conduit une BMW toute neuve. L'étudiant te demande quatre cents dollars en liquide et te sous-loue un petit deux-pièces à son nom.

« Je te déconseille de foutre le bordel si tu veux pas que je t'envoie mes potes, *amigo* », il te lance.

Tu acquiesces avec un sourire. Putain de petit Blanc de merde qui veut jouer les durs. T'as envie de l'attraper par la gorge et de lui dire « Fais pas le malin, bouffon », avant de lui éclater la tête contre le trottoir jusqu'à ce que son cerveau lui sorte par les oreilles. Tu veux lui remplir la bouche de terre pour qu'il sache ce qu'ont ressenti ceux qui ont voulu traverser la frontière et qui ont fini le nez dans la boue et le dos rôti par le soleil. Mais tu ne fais rien. Tu restes planté là, à réprimer tes pulsions de meurtre. Au lieu de donner une bonne leçon au morveux, tu prends les clés qu'il te tend et tu pénètres dans ton nouveau chez-toi. Tu jettes un matelas par terre et tu poses une petite télé à côté. Tu remplis le frigo, tu installes ton autel et tu te convaincs que ce n'est pas si mal que ça. Une fois emménagé, tu évites soigneusement le concierge, tu n'ouvres jamais la boîte aux lettres et tu fous le camp pour la journée chaque fois qu'il y a un mot sur la porte annonçant que quelqu'un va passer tuer les cafards ou changer les piles du détecteur de fumée. Tu ne le sais pas encore, mais cette vie de mensonges, cette partie de cache-cache perpétuelle, ça te transforme peu à peu en fantôme. Tu deviens une vitre sur pattes, une ombre qui n'est plus rattachée à rien. Et quand enfin tu en prends conscience, tu te rends compte que cette quasi-invisibilité est bien pratique : grâce à elle, personne ne te remarque devant la porte de la boîte de nuit, personne ne te voit vendre toutes sortes de produits chimiques hors de prix à des mômes qui se croient cool.

Tu te trouves en plein cœur d'une grande métropole, complètement exposé pendant des heures aux regards de milliers de gens qui viennent jusqu'à 6th Street pour boire, danser et essayer de tirer un coup, mais personne ne te voit. Tu es une tache sombre dans un océan d'ombres, un visage brun de plus dans une ville où des visages bruns te regardent derrière les comptoirs de chaque fast-food, où des mains brunes lavent les voitures, où des femmes venues de pays au sud de la frontière font le ménage dans les villas, où toutes les équipes de jardiniers sont composées de types qui te ressemblent et où tous les bambins dans les bacs à sable comprennent l'espagnol parce que la nounou arrête de parler anglais dès que papa et maman ont le dos tourné.

Quand tu traverses la frontière, tu ne sais pas ce qui va t'arriver, alors tu te démènes comme jamais tu ne t'es démené, tu pries la Santa Muerte pour qu'elle te vienne en aide et tu fais des choses répréhensibles en te disant que ce n'est pas si grave, parce que tes ancêtres étaient là avant la frontière, et de toute façon, personne n'est vraiment clandestin parce qu'on ne peut pas être clandestin quand on est tous coincés sur la même planète pourrie. Tu essayes d'oublier tout ce qu'il y a eu avant, de te convaincre que la famille, les filles, les copains, les rires, la peur, les cadavres, l'argent et les années n'ont jamais existé, et tu te concentres sur gagner de l'argent, survivre et rester invisible. Et le moyen le plus simple pour rester invisible, c'est de se trouver face à des milliers de gens qui n'en ont rien à foutre.

Travailler à la boîte de nuit te permet de gagner du pognon tout en te cachant au vu et au su de tous. La plupart des immigrés mexicains optent pour des boulots harassants qui payent que dalle parce qu'ils ont peur de la *migra* et qu'ils se disent que bosser en public est le meilleur moyen de se faire expulser. Conneries ! Toi, tu fais ce que t'as à faire et tu apprends même à en profiter un peu, parce que tu peux payer tes factures, que tu as plein de cachetons à la maison, que tu possèdes une voiture, un flingue et un iPod rempli de bonne musique, et que tu as plus qu'assez de fric pour remplacer celui que les autres enculés de *mareros* t'ont piqué.

Parfois, quand tu traverses la frontière, tu te retrouves à aller au travail alors que la veille au soir, des tarés t'ont kidnappé pour te faire assister à une décapitation. Ça te fait bizarre d'être là et, chaque fois que tu penses au moment où tu vas retrouver ta voiture après que les derniers fils à papa auront regagné leur studio ou leur résidence universitaire, tu serres un peu les fesses mais tu te dis que la vie continue. Parce que le truc, avec la vie, c'est que le temps se glisse entre les faits et les souvenirs et, alors que les souvenirs font leur apparition, les faits s'estompent et trouvent leur place dans un espace rempli de photos, de squelettes, de monstres fantasmés et de trucs que des gens t'ont dits. Ça calme un peu la peur. Ensuite, tu penses au Russe qui arpente la ville au volant de sa bagnole, tel un prédateur en chasse. Tu penses à son flingue crachant la justice, à une tête heurtant lourdement le bitume et à un filet de sang s'écoulant dans le caniveau. Rassuré par cette image et par l'idée que la Santa Muerte assure tes arrières, tu distribues les doses, tu empoches les billets que tu ranges ensuite dans la petite boîte derrière le comptoir, puis tu gobes quelques cachets et tu marches jusqu'à ta voiture sans te retourner toutes les deux secondes, en te demandant quand tu recevras enfin l'appel t'informant que la mort a rempli sa mission.

7

Faut jamais montrer que tu flippes
Herbe – Coke – Héroïne
Le dernier bluesman du Texas
La fin des temps

Ouais, ce soir-là, je suis retourné bosser. J'étais terrorisé, et mon flingue n'était plus là pour me rassurer. J'aurais voulu rester enfermé à clé chez moi, mais ça aurait été une mauvaise idée. Faut jamais montrer que tu flippes. Les psychopathes, c'est comme les chiens. Ils sentent la peur. C'est à ce moment-là qu'ils attaquent et qu'ils te forcent à te défendre ou à crever comme un rat.

Planté devant la porte du Jackalope, je croisais les doigts pour que des petits Blancs à col retourné commencent à foutre la merde, histoire de me donner une bonne raison de les lourder.

Un jeune *gringo* avec une casquette et des lunettes de soleil s'est approché de moi et m'a demandé d'une voix tremblante si je pouvais lui vendre de la weed. J'avais de la Blue Dream, quelques pochons de White Rhino et un vieux reste de Death Star qui ne devait pas défoncer beaucoup plus que de l'origan. Il n'y a qu'un blaireau pour porter une casquette et des lunettes de soleil en pleine nuit, alors j'ai dit au môme que c'était quarante dollars les quinze grammes et je lui ai refilé la Death Star.

Comme tous les soirs, des gens entraient et sortaient, mais j'étais sur le qui-vive, scrutant chaque visage à la recherche d'un tatouage.

Mon deuxième client de la soirée était un habitué. Horse, un Noir qui jouait du blues au Rollins Bar. Il s'est approché et a serré chaleureusement la main où j'avais glissé sa coke. Puis, comme d'habitude, il s'est adossé au mur à côté de moi et s'est mis à parler de tout et de rien.

« Public de connards, ce soir, je te jure, il a dit en désignant le Rollins Bar, un peu plus bas sur le trottoir. Pourquoi tu vas dans un club de blues si c'est pour passer ta soirée à regarder ton téléphone ? Les gens sont vraiment cons. Ils l'ont toujours été, mais là, franchement, ça atteint des sommets. Je sais pas combien de temps je vais tenir, à ce rythme-là… C'est qu'il est plus tout jeune, le dernier bluesman du Texas ! J'ai passé l'âge de jouer dans des conditions pareilles. Tu sais qu'à l'époque, j'ai tapé le bœuf avec Lightnin' Hopkins ? Et j'ai accompagné Stevie Ray Vaughan à l'harmonica avant qu'il devienne connu. Non, c'est pas des conditions pour une légende vivante comme moi, tu vois ce que je veux dire ? Jouer pour des connards qu'écoutent rien… »

Horse a secoué la tête, m'a remercié, puis il est parti. Je ne suis pas spécialiste du blues, mais un gars qui te répète qu'il a joué aux côtés des plus grands à San Antonio dans les années 1930 et 1940, c'est soit un vampire, soit un putain de menteur.

Une heure plus tard, j'ai repéré Pilar descendant 6th Street dans ma direction. Personne ne connaissait son nom de famille, son âge ou son pays d'origine. Tout ce qu'on savait d'elle, c'est qu'elle était accro à l'héro et qu'elle n'arrêtait pas de parler du Jugement dernier avec un accent bizarre qui aurait pu être de Porto Rico, de Cuba ou de la République dominicaine. Par contre, ce n'étaient pas les rumeurs qui manquaient sur son compte. Certains disaient qu'elle avait un doctorat et qu'elle avait été prof de fac pendant de nombreuses années mais qu'après avoir perdu son bébé, elle était tombée dans la came. D'autres pensaient que c'était un fantôme coincé sur 6th Street, un esprit prisonnier du monde des vivants avec un dessein inconnu à accomplir.

Elle était encore à cinquante mètres que j'entendais déjà sa voix stridente s'élever au-dessus du vacarme de la rue.

« Le Tout-Puissant vous donne aujourd'hui l'occasion d'expier vos péchés ! hurlait-elle. Je suis Sa voix, et je suis venue vous avertir que l'heure du Jugement est proche. Vous qui cédez aux désirs de la chair, vous serez bientôt précipités pour l'éternité dans les flammes de l'enfer ! »

Quelqu'un à l'intérieur d'un bar lui a crié de la fermer. Ça l'a arrêtée net. Elle a regardé autour d'elle en gesticulant, les yeux écarquillés.

« Ris donc, fils de putain, tu seras le premier à pleurer quand les océans s'obscurciront, quand les montagnes deviendront poussière et que le Tout-Puissant châtiera les pécheurs ! Tu verras ta mère manger ton père, les sauterelles dévoreront tout ce que tu aimes et il ne restera bientôt plus que l'obscurité putride ! »

Elle a fini par arriver à ma hauteur pour conclure la transaction. J'avais déjà sorti le petit pochon de ma poche – Pilar sentait tellement mauvais que je m'efforçais toujours de régler l'affaire le plus vite possible.

Mais cette fois, elle s'est arrêtée à deux mètres de moi. J'ai regardé un instant ses cheveux ébouriffés, ses yeux fous, puis j'ai reporté mon attention sur la file de clients. Si on commence à se demander ce qui se passe dans la tête des junkies, on n'a pas fini.

« Ton heure est bientôt venue », a déclaré Pilar.

Je me suis retourné vers elle. Ses yeux injectés de sang étaient braqués sur les miens.

« Tu seras mort avant que les rues de cette ville soient jonchées des cadavres des hommes et des bêtes. L'ange déchu approche, il veut déchirer ta chair de ses serres immondes. »

J'ai senti un frisson me parcourir la colonne vertébrale.

« Ça suffit, Pilar. Va-t'en, tu déranges les clients.

— Repens-toi. Ton heure est bientôt venue. Quand tu commenceras à cracher du sang et que tu entendras les sabots de la Bête marteler ton toit, souviens-toi de ce que…

— Dégage, Pilar ! Me force pas à te virer. »

Elle m'a regardé. Le chagrin dans ses yeux m'a transpercé de part en part. Puis elle a tourné les talons et s'est éloignée en silence.

D'ordinaire, les mots de Pilar ne m'auraient pas affecté. Mais là, elle était partie sans acheter sa dose et, surtout, sans dire un mot. D'un coup, j'ai éprouvé un profond malaise qui s'est transformé au fil des minutes en un long frisson glacial.

Après la fermeture du club, je suis allé trouver Jenny, une serveuse que son petit copain venait chercher tous les soirs après le boulot. Je lui ai dit que j'étais épuisé et je lui ai demandé s'ils pouvaient me ramener en voiture jusqu'à la place où j'étais garé.

8

Trop de *zlo*
Tchort – L'homme aux yeux noirs
Puissante propriétaire de la demeure noire
Ventre rempli de lames de rasoir

Le Russe m'a appelé le lendemain matin. J'avais la nausée et la tête qui tournait à cause des cachets que j'avais avalés mais, au moins, j'avais réussi à dormir. J'ai attrapé mon portable. Comme d'habitude, le numéro n'était pas celui que j'avais appelé et je savais que je ne le reverrais jamais s'afficher. J'ai fait glisser mon pouce sur l'écran et j'ai approché l'appareil de mon oreille, un sourire vissé sur mon visage endormi. Avec le cocktail médicamenteux qui coulait dans mes veines, j'avais l'impression que mes draps étaient aussi doux que du duvet d'oie.

« Allô ?

— J'ai trouvé tes hommes », il m'a annoncé d'une voix lasse.

J'ai imaginé l'âme de Nestor pénétrant dans le corps d'une mouche pour aller se poser sur l'œil vitreux d'Indio et chier dessus. Penser à lui me rendait triste, mais l'idée que la menace qui planait au-dessus de moi avait été écartée était plus forte.

« Je savais que tu serais à la hauteur. T'es le meilleur. C'est pour ça que j'ai fait appel à toi. Alors… c'est réglé ? T'as fait le boulot ?

— Non, Nando. Je suis désolé, mais je ne peux pas t'aider. Je ne pense pas que quiconque puisse t'aider. Il y a trop de… trop de *zlo.* »

Je ne savais pas ce que ce mot voulait dire, mais l'espace d'une seconde, peu m'importait parce que j'étais convaincu qu'il blaguait. Je suis resté silencieux, attendant qu'il éclate de rire et me dise que sa mission était accomplie. Il n'en a rien fait. La menace était de retour, plus sourde que jamais. Si Indio et ses hommes avaient échappé au Russe, ou pire, s'ils l'avaient repéré et en avaient déduit qui l'avait envoyé, j'étais vraiment dans la merde.

« Qu'est-ce que tu veux dire ? j'ai demandé.

— Ces gars, Nando, ils travaillent tous pour un homme aux yeux noirs. Ses pupilles sont remplies de *plokhoy chernila.* Quand j'étais petit, mon père me racontait souvent des histoires sur un homme de ce genre, un type qui vivait seul dans les bois avec son chien et sur qui le temps n'avait pas de prise. Régulièrement, il quittait sa taïga pour se rendre en ville acheter de la vodka et du pain, jamais rien d'autre. Personne n'osait regarder cet homme dans les yeux, parce que parfois, ils devenaient tout noirs. Chaque fois que quelqu'un disparaissait sans raison, les gens disaient que c'était l'homme aux yeux noirs qui l'avait enlevé, pour dévorer son cœur et capturer sa *dusha.* On racontait que c'était en se nourrissant du sang de ses victimes qu'il restait jeune. D'après mon père, l'homme aux yeux noirs avait passé un pacte avec Tchort et était devenu un monstre dont la place était en enfer. Je ne croyais pas à ces histoires, mais quelques années plus tard, alors que je me promenais avec ma mère – mon père était mort entre-temps –, j'ai croisé cet homme. Il l'a dévisagée et il lui a fait un clin d'œil. Puis il a tiré la langue, une langue incroyablement longue, qui remuait comme celle d'un serpent. Ma mère a fermé les yeux, elle a attrapé le rosaire qu'elle avait autour du cou et elle s'est mise à prier. Elle refusait de le regarder. C'est la première fois de ma vie que j'ai vu ma mère avoir peur. Ce n'est pas un bon souvenir. J'ai fixé l'homme en tâchant d'ignorer ma mère – il fallait que je sois fort, comme un homme est censé l'être quand quelqu'un s'amuse à faire peur à ceux qu'il aime. Je voulais punir ce type qui lui manquait de respect, mais il s'est tourné vers moi et ses yeux sont devenus tout noirs, comme un… *krovoizliyaniye* d'obscurité. J'ai senti un courant d'air glacial me traverser. C'était comme si toutes les nuits froides et sombres, tous les prédateurs et toute la glace de la taïga vivaient en lui et qu'il pouvait me le faire ressentir d'un simple regard. J'étais pétrifié. Une sensation horrible. Je ne m'en suis pas pris à lui. J'ai été lâche. J'ai attrapé ma mère par le bras – elle priait toujours – et nous sommes partis. Dans mon dos, j'entendais le rire de l'homme aux yeux noirs. C'est la seule fois de ma vie où j'ai renoncé à l'affrontement… jusqu'à aujourd'hui. »

Le Russe a marqué une petite pause, le temps de reprendre sa respiration, puis il a poursuivi : « Je pense que ces types qui te posent problème sont comme l'homme aux yeux noirs. Ils ont passé un pacte avec Tchort. Va-t'en, Nando, *ischezat'* ! Donne-leur ce qu'ils veulent et mets le plus de distance possible entre eux et toi. Ce serait une grosse erreur de s'en prendre à eux. Ce qu'ils ont à l'intérieur n'est pas humain. Les balles et les couteaux ne peuvent pas tuer ce qui n'est pas humain. »

Retour à la case départ. Sauf que cette fois, je n'avais aucun plan.

« Je… je sais pas quoi te dire. Merci en tout cas d'avoir essayé. Je pensais pas que… que ça finirait comme ça.

— *Temnaya magiya*, Nando. C'est ça qui anime ces hommes. Et si tu provoques leur colère, ils risquent de se venger et de te voler ton âme. Je n'ai qu'un seul conseil à te donner : renonce. »

Le Russe a raccroché. Je me sentais seul et terrifié. Je savais ce qu'il me restait à faire, alors je me suis levé et je me suis dirigé vers ma statuette de la Sante Muerte.

J'avais laissé à côté les feuilles que m'avait données Consuelo. J'ai allumé la deuxième bougie et j'ai lu la prière correspondant au deuxième jour de la *novena*.

Prière à la Santa Muerte
Jour 2

Santa Muerte, mon trésor le plus précieux, je t'en prie, ne m'abandonne pas : tu as mangé le pain et tu m'en as donné. Ô puissante propriétaire de la demeure noire, maîtresse de toute vie, impératrice des ténèbres, chasse Indio et ses hommes de mon chemin ! Que ceux qui me veulent du mal subissent le mal qu'ils me souhaitent, que ceux qui désirent ma défaite pleurent de me voir toujours triompher ! Je te le demande à genoux, et à genoux j'attends ton intervention. Que ta volonté soit faite.

Comme toujours, prier m'a fait du bien, mais savoir que je devais m'habiller et retourner parler à Guillermo me donnait l'impression d'avoir avalé une poignée de lames de rasoir. Et malheureusement, la perspective de revoir Consuelo et de pouvoir lui demander une *limpia* plus puissante n'y changeait rien.

9

Dreadlocks
Lourd – Robuste – Noir
Balles à pointe creuse – Tueurs à gages
Langue de bœuf

Annoncer à Guillermo que le Russe avait refusé la mission risquait de mal passer si je n'avais pas d'alternative à lui proposer. Il me fallait donc un plan. Et un flingue, car je ne voyais pas quel plan pourrait me permettre de m'en passer. Un gros flingue avec des balles en argent. Et accessoirement, des *cojones*. D'énormes *cojones*.

La bonne nouvelle, c'est que je savais exactement où me procurer une arme (pour la paire de couilles, on verrait plus tard). J'ai ressorti mon portable et j'ai composé le numéro de Ricky.

Ricky était un Blanc maigrichon avec de longues dreadlocks blondes et un petit bouc assorti qui tenait un magasin de vélos. Il conduisait une Prius bleue recouverte d'autocollants prônant les bienfaits du yoga, du pacifisme et du véganisme. Il avait quitté Portland, dont il était originaire, après de trop nombreuses arrestations, et s'était établi à Austin parce que, comme Portland, c'était une ville peuplée de milliers de connards prêts à dépenser une fortune pour un vélo volé plutôt que de s'acheter une voiture comme tout le monde. Sauvez la planète, baisez votre voisin. Typique des *gringos*.

Comme le business des vélos ne suffisait pas à financer les allers-retours à Las Vegas et les longs week-ends de débauche qu'affectionnait Ricky, il faisait aussi dans la vente d'armes. Les vélos payaient le loyer et quelques repas, les flingues, les extras : l'alcool, la coke et les putes.

Il a décroché à la troisième sonnerie.

« Maison du vélo, Ricky à l'appareil, que puis-je faire pour vous ?

— Salut, Ricky, c'est Fernando.

— Hé, comment ça va, *ese* ? »

Ricky avait une passion pour l'argot communautaire. Blanc, mexicain, noir, tout y passait. Sa personnalité me faisait penser à un voilier changeant de direction au gré des vents. Je ne savais pas si ça faisait de lui un abruti ou un mec dangereux. Dans le doute, je préférais le ménager. Après tout, il avait un arsenal à sa disposition.

« J'ai besoin d'un truc, Ricky. J'ai perdu le dernier vélo que tu m'as procuré.

— Perdu ? Comment tu peux perdre ce genre de machin, *ese* ?

— On me l'a volé. »

Ricky s'est esclaffé. Je n'avais pourtant rien dit d'hilarant. Mais bon, les Américains ont tendance à rigoler de tout et n'importe quoi.

« Pas de souci, Nando. J'ai pile ce qu'il te faut en stock. Je l'ai récupéré il y a quelques jours et je me suis souvenu de tes tatouages. Personne l'a encore acheté donc si tu le veux, il est à toi. Je te ferai un prix. T'as déjà vu *Les Anges de Boston* ?

— Non.

— Tu rates un truc, c'est un film de dingue. Mais

bref, ramène ton cul ici et je t'explique tout. Le camion de *tacos* au coin de la rue est déjà arrivé, donc on pourra parler affaires en mangeant un morceau. En plus, c'est mort au magasin, aujourd'hui.

— Ça marche, à tout de suite. »

J'ai raccroché et je me suis demandé si ce ne serait pas une bonne idée de prendre un Xanax en plus du cachet d'oxycodone que me réclamait mon cerveau. Le problème, c'est qu'il fallait que je sois un minimum au taquet pour ma petite visite chez Ricky. Dans l'idéal, je récupérais le flingue et je repartais sans avoir à supporter trois heures de conversation et de questions… D'un autre côté, l'idée d'une petite couverture mentale supplémentaire pour étouffer les images d'Indio et éviter qu'elles ne m'asphyxient était alléchante. Mais non, je ne pouvais pas me permettre de me transformer en zombie, alors j'ai laissé le Xanax de côté, et je me suis contenté de l'oxy.

Quand je suis arrivé à la boutique, les enceintes crachaient du metal à plein volume. On aurait dit le bruit d'un troupeau de bisons traversant un magasin de percussions. Je m'étais toujours dit que Ricky avait plutôt une dégaine à écouter du reggae, mais il faut croire qu'il avait un faible pour les hurlements et les pédales de disto.

Il a baissé le son en me voyant entrer.

« Quoi de neuf, *ese* ? Tu veux bien fermer derrière toi ? »

J'ai enclenché le verrou et retourné l'écriteau pour qu'il indique « REVENEZ PLUS TARD ».

« Ça va, Ricky ?

— Nickel, mec. Nickel ! »

Ricky a fait le tour du comptoir dans un ballet de

dreadlocks jaunes et il m'a pris dans ses bras. Il faisait toujours ça. Avec tout le monde. Pourtant, je ne doutais pas une seconde qu'il m'aurait mis une balle dans la tête pour cinquante dollars ou un gramme de coke.

« Tu me disais que tu as quelque chose pour moi ? »

Si je ne cadrais pas tout de suite Ricky, il risquait de se mettre à me parler soit de sa dernière virée où il avait tracé des lignes sur le cul d'une pute, soit des difficultés qu'il avait à se procurer des vélos choppers de qualité pour combler la demande toujours croissante. Il était convaincu qu'en tant que Mexicain, j'avais une passion pour tout ce qui touchait de près ou de loin au tuning.

« Exactement, mec. Suis-moi. »

Ricky a poussé la porte qui menait à la partie secrète du magasin, le garage clandestin où les vélos entraient pour être désossés et transformés. Il y avait des pièces détachées et des roues pendues au plafond et aux murs, et le sol était jonché de cadres en plus ou moins bon état. Ricky s'est dirigé vers une armoire d'atelier rouge presque aussi haute que moi et il a sorti un pistolet noir d'un des tiroirs du bas. Après avoir considéré l'arme avec un sourire, il me l'a tendue.

Le pistolet était lourd. Robuste. Tout noir. Je n'ai jamais été trop fan de flingues, mais celui-là était le premier que je touchais depuis que les enfoirés de *mareros* m'avaient piqué le mien, et c'était une sensation agréable.

« Beretta 92SF, a-t-il commenté. Comme tu le sais, il y a rien de mieux qu'un .9 millimètres, et ça, c'est le top du top en la matière. Système de visée trois points, glissière ouverte pour limiter l'encrassement, sûreté ambidextre, pontet redessiné pour tirer à deux mains et mécanisme d'éjection du chargeur hyper ergonomique. Ah oui, j'oubliais, tu peux laisser traîner ce truc dans un sac de sport ou ce que tu veux, aucune chance que ça rouille, ça bougera pas. Un flingue de compète, mec. »

Quand Ricky parlait d'armes ou de vélos, on aurait dit un ado parlant de nichons. Il était tout excité par ce qu'il me montrait. Moi, j'avais juste besoin d'un pétard qui ne risquait pas de s'enrayer au plus mauvais moment. Je l'ai laissé poursuivre sa présentation technique détaillée et j'ai tourné l'arme dans ma main en faisant mine de m'y intéresser. Sur le côté gauche, il y avait gravé « PIETRO BERETTA » et à côté, en plus petites lettres, « GARDONE V. T. – MADE IN ITALY ». Juste en dessous, j'ai trouvé ce que je cherchais. À la place du numéro de série se trouvait un triangle un peu décoloré que quelqu'un avait cherché à dissimuler sous une couche de vernis. Le pistolet avait l'air neuf, mais il avait déjà peut-être quelques macchabées au compteur. Je m'en foutais. J'avais moi-même l'intention d'allonger la liste de ses victimes.

L'oxy commençait à faire son effet. Comme une envie de faire la sieste. Il était temps d'accélérer la cadence.

« T'as des balles ? j'ai demandé.

— Attends deux secondes, mec. Tu te souviens, je t'ai demandé si t'avais vu *Les Anges de Boston* ?

— Ouais.

— Eh ben, c'est ce flingue qu'ils utilisent dedans ! Dès que je l'ai vu, j'ai pensé à tes tatouages ! »

Ricky faisait référence à la Vierge de Guadalupe sur mon avant-bras gauche et à la Santa Muerte et sa faux sur mon biceps droit. La Vierge, c'était parce que quand j'étais plus jeune, ma mère me donnait sa bénédiction chaque fois que je quittais la maison et que, en grandissant, alors que je passais de plus en plus de temps dans la rue et de moins en moins de temps chez moi, j'avais le sentiment que ces bénédictions me manquaient. Quant à la Dame blanche, elle datait de ma première année à Austin. C'était ma manière de la remercier de m'avoir aidé à rester en vie et un moyen de l'avoir toujours auprès de moi. La tatoueuse, Elisa, était une fille qui bossait chez Fantastic Tattoo et qui affirmait que c'étaient les anges vivant dans son magasin qui guidaient sa main. Elisa était la deuxième personne que je comptais voir ce jour-là. Mais ça, c'était si j'arrivais à me débarrasser de Ricky avant qu'elle ait terminé sa journée de boulot.

« Merci d'avoir pensé à moi, Ricky. Ça me touche. »

C'était faux.

« Et sinon, j'ai ajouté, j'ai deux dernières questions : combien t'en veux, et est-ce que tu as les balles qui vont avec ?

— Écoute, mec, si c'était n'importe qui d'autre, j'en demanderais cinq cents, mais comme tu t'es fait voler l'autre, je te le laisse pour quatre cents. Et je vais te filer des munitions spéciales pour aller avec. Regarde ça. »

Ricky s'est dirigé vers l'armoire et a sorti une boîte bleu foncé d'un autre tiroir. Avec un grand sourire, il a fait voler ses dreadlocks par-dessus son épaule et a exhibé la boîte à la manière d'un mannequin de jeu télé présentant les prix aux candidats. Dessus, on pouvait lire : « FIOCCHI AMMUNITION .9 MM LUGER. 115 GRS. JHP. »

« C'est pas beau, ça ? il m'a lancé.

— Si, si.
— Tu vois le JHP en bas ?
— Ouais. »
Ricky a posé la boîte et m'a regardé comme si j'étais passé à côté d'une blague.
« *Jacketed hollow-points*, mec ! C'est des balles à pointe creuse. Y a rien qui fait plus de dégâts. »
C'était la première fois que j'en voyais, mais je savais que beaucoup de tueurs à gages au service des cartels ne juraient que par elles. Car au lieu de pénétrer dans la cible et de ressortir de l'autre côté, ces projectiles s'ouvraient à l'impact comme un champignon et provoquaient un véritable carnage. En temps normal, je n'aurais pas vu l'intérêt de charger mon arme avec des munitions de ce genre mais, alors que je repensais au grand sourire d'Indio sciant le cou de Nestor, je me suis dit que c'était exactement ce dont j'avais besoin.
« C'est vraiment des balles creuses ? j'ai demandé.
— Bien sûr. Tu sais bien que je suis pas un mytho. »
Ma question n'avait pas pour but de remettre en cause l'honnêteté de Ricky, mais je n'avais pas pour autant l'intention de partager avec lui l'idée qui venait de me traverser la tête.
« Parfait, j'ai conclu. Je les prends. »
Les yeux de Ricky se sont mis à scintiller en voyant apparaître la liasse de billets de vingt. J'en ai compté vingt, et je n'ai même pas eu le temps de les lui tendre qu'il les avait déjà empochés. Il m'a filé la boîte de munitions, un chargeur de quinze balles et m'a mis une tape sur le bras.
« Laisse-moi te dire un truc, *ese*, j'aimerais pas être à la place du mec qui t'a pris ton flingue !

— Ils étaient plusieurs, et ils m'ont pris beaucoup plus que mon flingue.

— Et donc t'as besoin du Beretta pour récupérer tes affaires ? Pour te venger ?

— Non, j'en ai besoin pour m'assurer que ces fils de putes ne prennent plus jamais rien à personne. »

Apparemment, la rage devait transpirer de mes mots, car le sourire sur le visage de Ricky s'est éteint aussi vite qu'un hérisson sous la roue d'un camion.

« Bon, et sinon…, a-t-il enchaîné, qu'est-ce que tu dirais de goûter ces fameux *tacos* ? »

Je n'avais rien mangé de la journée, alors j'ai acquiescé, même si l'idée de déjeuner en compagnie de Ricky ne m'enchantait pas vraiment. C'est difficile de profiter de ton repas quand un putain de *gringo* te rebat les oreilles avec l'histoire de la dernière pute qu'il a baisée.

« Parfait, mec ! Allez, viens, j'ai la dalle. Ah ouais, au fait, c'est vrai que vous bouffez de la langue de bœuf, dans ton pays ? »

Je commençais à regretter qu'il ne m'ait pas vendu le flingue déjà chargé.

10

Silence froid et tranchant
La *huesuda* – Chiens manquants – Sang
San Lázaro – Serpents enserrant mes poumons
Chagrin

Le trajet en voiture jusque chez Guillermo n'a duré qu'une poignée de minutes. Je me suis garé plus ou moins au même endroit que la veille et je suis resté assis au volant, à repenser à l'œuf brisé déversant son contenu répugnant. J'avais l'impression à présent que ces petits vers tout fins rampaient vers mon âme.

J'ai coupé le contact, je suis descendu de la voiture et je me dirigeais vers la porte quand je me suis rappelé qu'il fallait d'abord que j'envoie un texto à Guillermo.

Je suis devant chez toi. Il faut encore qu'on parle.

Puis j'ai attendu.

Au bout de cinq minutes, j'ai décidé de l'appeler. Il faisait trop chaud pour rester planté au milieu du trottoir et ma voiture devait désormais s'apparenter à un sauna.

Après plusieurs sonneries, je suis tombé sur le répondeur. J'ai réessayé. Même résultat.

La voiture de Guillermo était garée devant la maison. Finalement, j'ai décidé de prendre le risque d'affronter les aboiements des chiens et la colère de mon boss. Je me suis approché de la porte et j'ai frappé.

Silence.

J'ai frappé de nouveau. Silence.

Je me suis mis à taper de toutes mes forces sur le battant en appelant Guillermo.

Rien.

J'ai répété l'opération en criant cette fois le nom de Consuelo.

Nada.

J'ai actionné la poignée. La porte n'était pas verrouillée. Je l'ai poussée tout doucement, m'attendant à chaque instant à ce qu'un chien me saute dessus. J'ai jeté un œil par l'entrebâillement : le salon était désert et il n'y avait personne dans la cuisine. Pas d'aboiements, pas de musique. Rien qu'un silence froid et tranchant.

Après avoir écarté un peu plus le battant, je me suis figé. Le carrelage de l'entrée était maculé de sang, une mare qui semblait trouver son origine dans la cuisine. Tous les muscles de mon corps m'intimaient de claquer la porte, de courir jusqu'à ma voiture et de foutre le camp.

Consuelo.

J'ai sorti le .9 millimètres et je suis entré.

C'est alors qu'un courant d'air glacial m'a traversé de part en part, aspirant au passage tout l'oxygène de mes poumons.

La *huesuda*.

J'étais convaincu que son esprit maléfique venait de quitter la maison après y avoir terminé son funeste office. J'ai regardé mes bras nus, j'avais la chair de poule.

Je t'en prie, ô puissante Dame blanche, ô Santa Muerte protectrice, ne m'abandonne pas maintenant.

Les jambes tremblantes, j'ai fini par entrer. Je haletais comme si je venais de courir un marathon dans le sable avec quelqu'un sur le dos.

Le sang qui s'était écoulé depuis la cuisine n'avait pas encore viré au noir, signe que la *huesuda*, la faucheuse squelettique, n'avait achevé son festin destructeur que peu de temps auparavant.

Malgré les cris imaginaires qui me déchiraient les oreilles et le vent glacé qui me semblait bien réel en dépit de la canicule ambiante, j'ai continué à avancer, l'arme au poing, contournant la flaque écarlate pour atteindre le bar de la cuisine.

Je me suis penché par-dessus. Mon cœur avait déjà cessé de battre depuis plusieurs secondes quand j'ai aperçu le corps sans vie de Consuelo. Elle était assise au sol, adossée au placard de l'évier. Quelque chose me comprimait la poitrine et m'empêchait de respirer. Et puis soudain, l'air et les larmes sont arrivés simultanément, chaque inspiration avide étouffant le hurlement qui se formait dans ma gorge et qui menaçait de fracasser tout ce qui m'entourait.

J'ai oublié la mare de sang, j'ai oublié le danger potentiel, et j'ai sauté par-dessus le bar pour rejoindre Consuelo. J'ai posé le pistolet sur le plan de travail et je me suis agenouillé à côté d'elle pour lui toucher l'épaule. Sa tête a basculé sur la gauche, révélant une profonde entaille au cou. La personne qui lui avait tranché la gorge avec utilisé une telle force qu'il l'avait presque décapitée.

Quelque chose s'est brisé en moi. J'ignorais ce que c'était, mais je savais que ce ne serait pas réparable.

Je voulais attraper la tête de Consuelo et la remettre en place. Je voulais qu'elle lève les yeux vers moi et qu'elle me demande d'appeler de l'aide. Je voulais retrouver celui qui avait fait ça. Je voulais hurler, brûler quelque chose, plonger la main à l'intérieur de moi-même pour retirer la pierre qui lestait mon estomac et arracher le serpent qui enserrait mes poumons. Je voulais tuer, détruire, pleurer et me transformer en poussière afin de tout oublier, de laisser derrière moi le chagrin et de m'envoler.

Je voulais tout à la fois et je ne voulais rien.

Je tremblais de tout mon corps et la morve s'écoulait de mon nez plus vite que les larmes qui roulaient sur mes joues. Consuelo était partie. Pour toujours.

À cet instant, j'ai songé que la *huesuda* était une sale pute, une connasse sans pitié.

Je me suis relevé et, en voulant regagner le hall d'entrée, j'ai glissé sur le sang et j'ai dû m'appuyer sur le mur pour ne pas tomber. À cet instant, j'ai songé que si le salaud responsable de ce massacre était encore dans la maison, j'allais le trouver, lui déchirer la poitrine à mains nues et dévorer son cœur encore palpitant.

J'ai remonté le couloir et jeté un œil dans la salle de bains et dans la première chambre. Dans la baignoire, il y avait toujours la collection de bougies allumées de Consuelo, et la chambre ne contenait qu'un lit, un vieux fauteuil à bascule et une énorme statue de San Lázaro entouré par une meute de chiens qui léchaient ses blessures.

J'ai fini par atteindre la chambre dont Guillermo se servait plus ou moins comme bureau et je l'ai trouvé allongé par terre entre le canapé et la table basse, son cadavre recouvert de sang et de billets d'un dollar tout tachés de rouge. Au creux de son bras gauche était coincé un poulet marron décapité. Deux bougies bleues s'étaient entièrement consumées sur la table, leur cire mélangée en une flaque solide. La tête de Guillermo était posée sur la chaise à laquelle était toujours accrochée la *guayabera* censée avoir appartenu à Niño Fidencio. Quelqu'un avait éteint la bougie placée à côté. Dans la pièce flottait une odeur de mort et de merde.

Je ne savais pas grand-chose sur la Santería, le vaudou et le Palo Mayombe, mais j'avais croisé suffisamment de *santeros* et de *paleros* pour comprendre que quelqu'un avait accompli ici un rituel pour attirer la prospérité. Consuelo était morte et la tête de Guillermo était posée sur une chaise pour une simple question d'argent. J'ai senti une nouvelle vague de rage déferler sur moi, menaçant de tout emporter sur son passage.

Indio.

« *Ogún oko dara obaniché aguanile ichegún iré.* »

Clair. Tranchant.

« *Ogún oko dara obaniché aguanile ichegún iré.* »

J'ai alors soupçonné que le fait de prononcer ces mots, comme une formule, avait permis à une présence malfaisante de se matérialiser. L'idée, venimeuse, s'est faufilée jusqu'au tréfonds de mon cerveau. Tout était ma faute.

Indio m'avait choisi pour transmettre un message. Il savait très bien que ce qu'il avait fait n'était pas un sujet que je pouvais me contenter d'aborder au téléphone. C'était moi qui les avais amenés ici.

Être un pantin est aussi grave qu'être une balance.

Le sang était déjà sur le sol. Leurs âmes s'étaient déjà envolées.

Le pire, avec la mort, c'est les choses qu'elle provoque chez les vivants.

Consuelo était morte à cause de moi.

J'ai vomi. Puis, alors que j'avais encore dans la bouche le goût de la bile et de la morve, j'ai pris conscience de quelque chose qui m'a fait aussitôt oublier ma culpabilité : j'étais un témoin. Je savais qui avait commis ce double meurtre. Je pouvais le dire à n'importe qui. Et le frère de Guillermo risquait de me demander si je savais quelque chose. C'était même une certitude. À présent que j'avais joué mon rôle de messager, je représentais un détail à régler pour les *mareros* et ils n'allaient pas tarder à s'occuper de mon cas.

Parfois, l'obscurité s'invite si près que tu peux la sentir contre ta peau et, telle une force magnétique surpuissante, elle se met à appuyer contre tes entrailles. C'est ça que j'ai ressenti. Une obscurité si absolue, un mal si profond que j'en ai perdu l'équilibre. C'est là, à genoux comme un boxeur sonné, la tête appuyée contre le mur à essayer de canaliser le cours impétueux de mes pensées, que j'ai entendu une voix.

« Lève-toi, mon petit. »

C'était tout ce dont j'avais besoin.

Consuelo était encore là. Sa force était ma force. Je suis retourné auprès de son corps.

Certaines personnes ne sont que lumière.

Alors que je fixais la plaie béante qui fendait son cou en deux, j'ai repensé au jour où je l'avais rencontrée pour la première fois.

Ce jour-là, elle m'avait pris dans ses bras avant que je parte et m'avait glissé à l'oreille : « Mon petit, tu es un fils de Changó, le saint patron des guerriers et des tempêtes, né de l'union entre Ibaíbo et Yemmú. »

Je lui avais répondu que je vénérais la Santa Muerte, mais elle m'avait assuré que ça n'avait pas d'importance. Elle savait que Changó me protégeait, mais qu'il dressait aussi des obstacles en travers de ma route.

« Donne-moi quelques semaines, fils, et je découvrirai pourquoi. »

On n'en avait plus jamais reparlé.

Consuelo était venue au monde dans son sac amniotique, ce qui lui permettait de voir à travers la fumée et les voiles opaques, et jusque dans l'esprit même des gens.

À présent, sa lumière s'était éteinte. Une mauvaise mort et de mauvaises ondes qui étaient aussi entrées en moi. Il fallait que je m'en débarrasse. Il fallait que je prie pour Consuelo et Guillermo, afin d'être sûr que leurs âmes ne se transforment pas en esprits vagabonds.

Je me suis agenouillé auprès de Consuelo, j'ai récité quelques Notre Père et j'ai demandé à la Santa Muerte de les escorter hors de cet endroit sans perdre une minute. Après quoi je me suis relevé, j'ai fermé la bonde de l'évier et j'ai ouvert le robinet. J'ai aspergé le plan de travail et, à l'aide de l'éponge, j'ai essuyé les éventuelles empreintes que j'aurais pu laisser. L'eau effacerait mes traces de pas rouges dans le couloir.

J'ai embrassé la chevelure grise de Consuelo et je suis retourné auprès de Guillermo. Je l'ai enjambé sans lui jeter le moindre regard et j'ai attrapé la chemise bleue posée sur le dossier de la chaise. Si Niño Fidencio était vraiment un faiseur de miracles, je comptais bien lui donner l'occasion de me le prouver.

Puis je suis passé dans la chambre de Consuelo pour récupérer sa statue de San Lázaro, et j'ai été surpris de découvrir à quel point elle pesait lourd.

En entrant de nouveau dans la cuisine, je me suis rendu compte que je pleurais sans interruption depuis que j'avais commencé à prier. J'ai posé la statue sur le plan de travail, je me suis agenouillé et, les yeux fermés, j'ai déposé un dernier baiser sur la tête de Consuelo. Par ce baiser, je la remerciais, je lui souhaitais bon voyage, et je lui disais tout l'amour que j'avais pour elle. Enfin, mes lèvres toujours enfouies dans sa chevelure grise, j'ai prononcé une promesse à voix haute, afin que même les fantômes puissent l'entendre.

« Je te jure que je te vengerai. »

Je me suis levé, j'ai récupéré la statue et je suis sorti, sachant déjà ce que je ferais à la seconde où je serais de retour chez moi.

11

Oraison désespérée
Synov'ya sukin
Russe énervé – Mauvaises idées
Les gamins des Dyatlov

Dès que je suis arrivé chez moi, j'ai installé la nouvelle statue à côté de ma Santa Muerte et je me suis mis à prier.

Santisíma Muerte, je m'incline devant toi les larmes aux yeux pour te demander plusieurs faveurs. Protège-moi de mes ennemis et de leurs intentions cruelles. Je te demande aussi d'aider Consuelo et Guillermo à accéder pour l'éternité à la gloire du Seigneur. Reine de miséricorde, pardonne-moi mes erreurs et aide-moi à obtenir le pardon du Tout-Puissant. Je t'implore de me prémunir contre les menteurs, les jaloux, les malfaisants, les traîtres, les énergies maléfiques et les mauvais esprits. S'il te plaît, accorde-moi ta justice et défends-moi contre ceux qui me veulent du mal. Accorde-moi ta bénédiction et, de ta main droite bienfaisante, exauce mes prières.

Après ça, j'ai passé quelques coups de fil.

J'ai envisagé de téléphoner à Raúl pour lui demander de l'aide, mais je me suis ravisé : je ne tenais pas à répondre aux mille questions qu'il ne manquerait pas de me poser et, si je lui racontais toute l'histoire, il risquait d'en conclure que j'étais responsable de la mort de son frère. Le pire, c'est qu'il aurait raison. Au moins en partie.

C'était mon problème, et j'avais déjà assez de rage et de chagrin en moi pour l'accepter.

En plus, j'avais désormais un flingue.

Les yeux rivés sur la nouvelle statue, j'ai sorti mon portable de ma poche.

« Pépinière Ved'ma, en quoi puis-je vous aider ?

— Salut, mec, c'est Fernando. »

Il y a eu un silence de quelques secondes avant que le Russe reprenne la parole.

« Nando, comment vas-tu ? Qu'est-ce que je peux faire pour toi ? J'espère que ce n'est pas en rapport avec notre dernière conversation.

— Si, c'est en rapport, mais t'inquiète pas : tout ce dont j'ai besoin, c'est que tu me dises comment tu as retrouvé ces types.

— *Nyet*, Nando. Je ne veux plus jamais avoir affaire à ces gens. Je t'ai dit de renoncer et tu ferais mieux de suivre mon conseil.

— Ils ont tué Guillermo et Consuelo. »

Cette fois, un soupir a accompagné le silence.

« *Synov'ya sukin !* Je n'aimais pas beaucoup le gros, il était paresseux et se reposait trop sur les faveurs des autres, mais il ne méritait pas de mourir, en tout cas pas de la main de ces *sviney*. Quant à la femme étrange qui vivait avec lui, j'ai entendu des histoires… C'était une *ved'ma*, une vraie, comme ma grand-mère – elle avait beaucoup de pouvoirs. Il n'y a qu'un lâche pour s'en prendre à une femme. J'espère que le *prizrak* de Consuelo hantera leurs cauchemars pour toujours.

— J'ai besoin de savoir où les trouver.

— Mon ami, Guillermo et Consuelo ne faisaient pas

partie de ta *sem'ya*, ils n'étaient pas de ton sang. Je ne crois pas que te faire tuer soit le bon moyen d'affronter ton chagrin. Ça ne les ramènera pas. Je comprends le désir de vengeance, j'en ai même fait mon gagne-pain. Peut-être que tu peux trouver quelqu'un d'autre pour l'assouvir, mais ne prends pas le risque de le faire toi-même. Fais-moi confiance. J'ai vu ces hommes de mes propres yeux – ils ont le diable en eux.

— Je suis venu dans ce pays justement pour fuir des gens comme eux, des salopards qui avaient assassiné mes amis et qui voulaient ma peau. Si je tue pas ces *mareros*, il faudra que je fuie à nouveau et j'ai plus la force. J'en ai ras le bol de vivre comme un lâche, de me sentir comme une merde, de…

— Tu es jeune, Nando. La colère te plie à sa volonté. Je t'ai dit que c'était une mauvaise idée de t'attaquer à ces hommes, mais j'ai compris que mes mots ne t'arrêteraient pas. La peur est encore plus puissante que la colère, et tu ressens les deux à la fois. Ça suffit à rendre n'importe qui complètement *bezumnyy*.

— Dans ce cas, s'il te plaît, dis-moi où je peux trouver Indio.

— Très bien. J'espère que ton ange gardien est puissant, très, très puissant, parce que je ne tiens pas à ce que ton fantôme revienne me hanter. Bon, j'ai un ami, Igor Dyatlov, qui tient une petite épicerie dans l'East Side, à côté de Rosewood Park. Sa femme Lyuda dirige un petit réseau de trafiquants qui vendent de l'herbe et des cachets. Les Dyatlov sont des gens bien, des gens fiables. Ils ont la tête sur les épaules et ils n'essayent pas d'arnaquer les gens. Chaque fois que j'ai une cible à trouver en ville, c'est vers eux que je me tourne en premier. La plupart du temps, ça ne donne pas grand-chose, mais parfois, ils ont un tuyau à me refiler – il faut dire qu'ils ont des yeux partout. Apparemment, les hommes que tu recherches ont pris le contrôle de la majorité du trafic de drogue de l'autre côté de l'I-35 et, il y a quelques jours, ils ont tabassé deux des gamins qui bossent pour Lyuda. Les Dyatlov étaient furieux, alors ils ne se sont pas fait prier pour me dire tout ce qu'ils savaient. Après ça, il ne m'a pas fallu très longtemps pour retrouver tes types. Quand je les ai vus, ils quittaient Webberville Road à bord d'une voiture bleue. Je les ai suivis. Ils se sont arrêtés pour déjeuner à un camion de *tacos* sur Airport Boulevard, puis ils sont retournés à Webberville Road, dans une maison délabrée derrière T. B.'s Lounge. Ils se sont installés sur le porche pour fumer. C'est quand je suis passé devant en voiture que j'ai vu l'homme avec les tatouages sur le visage. Il m'a regardé, et ses yeux sont devenus tout noirs. »

Je savais où se trouvait T. B.'s Lounge. T. B. était un vieux Noir qui gérait un petit réseau de prostitution et de jeu dans East Austin. Est-ce qu'il était de mèche avec les *mareros* ?

« Merci pour l'info. »

Je m'attendais à ce que le Russe raccroche. Au lieu de quoi il m'a posé une question.

« Tu comptes aller affronter ces hommes, pas vrai ?

— J'espère vraiment que je n'aurai pas à le faire tout seul, mais c'est l'idée, oui.

— Dans ce cas, est-ce que je peux te demander une faveur ?

— Tout ce que tu veux, je te dois bien ça.

— Si tu survis, appelle-moi pour me prévenir que ceux qui ont passé un pacte avec Tchort ne sont pas immortels. *Mozhet Gospod's vami.* »

Cette fois, j'ai été surpris qu'il raccroche.

12

Marteau invisible
Une vengeance sanglante
Nouveau tatouage – Saint barbu et maigrichon
Cojones de taureau

Parfois, la vie, c'est comme un film porno. Tu te dis que ce que tu vois à l'écran te plaît, mais ça te demande beaucoup d'efforts de rester dans le truc. Tu te concentres sur ta conception de la beauté et tu utilises un marteau invisible pour forcer les images que tu es en train de regarder à rentrer dans le moule de tes idéaux. L'illusion fonctionne un certain temps, et puis tu commences à voir la vérité : tu remarques les fines cicatrices brunes sous les seins de la fille, les boutons d'acné sur le dos du gars, et tu te rends compte que s'il serre sa bite dans son poing pour faire ressortir le gland, c'est parce qu'il est tellement défoncé qu'il n'arrive pas à bander. Alors l'illusion s'écroule comme un château de cartes dans un ouragan, et les gémissements simulés de l'actrice te paraissent soudain insupportables – comme quand deux chats se battent sous ta fenêtre à trois heures du matin et que le perdant reste sur les lieux après la fin de la baston, à miauler comme un perdu.

C'est à ce moment-là que la tristesse s'insinue. La tristesse et la honte. Bientôt, il ne reste qu'un trou noir à l'endroit où se trouvait ton cœur et, dans ta main, il n'y a plus qu'une bite molle.

Quand le château de cartes de ta vie se retrouve par terre, un désir de fuite enfle en toi. Il affecte tout ce que tu fais, contamine tout ce que tu ressens, absorbe la couleur de tout ce que tu vois.

Nos vies ne sont pas aussi exceptionnelles qu'on voudrait le croire et la peur est une loupe qui te force à voir chaque fêlure, chaque détail douloureux.

Une fois que tu as accepté que l'illusion avait disparu, tu as deux options : changer les choses ou les ignorer.

Quand on t'enlève un être cher, non seulement l'illusion s'effondre, mais c'est comme si tu te retrouvais soudain jeté dans un cachot, entouré de murs oppressants. La haine devient un cancer qui te ronge de l'intérieur et le seul remède est la vengeance. Le sang. L'action. Les gens disent tout un tas de conneries sur la vengeance, mais comment quelque chose qui paraît si bon, si libérateur et si légitime pourrait-il être mauvais ?

Le vrai problème avec la vengeance, c'est qu'elle requiert toute ta force intérieure. Il te faut des *cojones* de taureau.

La première chose que tu fais quand tu te décides enfin à passer à l'action et à réparer les torts, c'est sortir de chez toi et aller acheter un flingue. Ensuite, tu te rends chez une tatoueuse et tu lui montres une photo de la statue de San Lázaro sur ton téléphone. Tu t'assois, et tu attends un certain temps. Au bout d'un moment, la tatoueuse revient te voir avec une version du saint assez petite pour tenir sur ton avant-bras. Tu acquiesces. Viennent alors le rasage, le dessin au feutre et l'aiguille dont le vrombissement constant se mêle aux cachets qui permettent à ton cerveau de trouver une place bien au chaud entre le monde réel et celui des rêves.

Le saint barbu et maigrichon est encadré par deux chiens. Ça te donne le sourire. Tu remercies la tatoueuse et tu lui laisses un pourboire de cent dollars parce que l'encre te fait te sentir puissant et invincible et que tes endorphines accomplissent de petits miracles en se mélangeant aux autres produits chimiques qui coulent dans tes veines. Tu voudrais pouvoir enfermer ce sentiment dans une boîte et l'emporter partout.

Après ça, tu te dis que tu as un plan. Le plan est simple, malheureusement la simplicité est rarement synonyme de facilité.

Quand tu as un plan mais que tu n'es pas sûr qu'il soit fiable, tu n'as d'autre choix que de demander un avis extérieur. Mais ton interlocutrice privilégiée a quitté le monde des vivants, alors il te faut une alternative.

C'est là que tu te rappelles que Consuelo t'a parlé plusieurs fois d'un homme capable de voir encore plus loin qu'elle. Un homme qui ne cligne jamais des yeux.

13

Visite chez le *visionero*
Cet enfoiré ne cligne pas des yeux
Les os ne mentent jamais – Cartes
Château au loin

J'ai remonté North Lamar Boulevard en scrutant le bord de la route à la recherche d'un grand néon rouge en forme de main, tel un roi mage guettant l'étoile du Berger.

Au bout de dix minutes, j'ai fini par repérer l'enseigne qui m'intéressait. J'ai fait demi-tour et je me suis garé devant.

L'endroit n'avait pas de nom. C'était une bâtisse de plain-pied à la façade en pierre marron clair. Dans la paume de la main lumineuse qui marquait l'entrée, on pouvait lire de chaque côté les mots « CHIROMANCIE » et « TAROT DIVINATOIRE » en lettres fluorescentes rouges. La porte d'entrée était peinte en violet et un écriteau « OUVERT » était accroché à la poignée.

Je me suis rappelé la fois où j'avais accompagné Consuelo ici en voiture. Elle voulait savoir si quelqu'un avait tourmenté sa sœur avant sa mort et elle s'inquiétait de son propre état de santé, car elle se sentait de plus en plus fatiguée. Je lui avais demandé pourquoi elle avait besoin de ce type alors qu'elle-même était capable de voir par-delà le voile.

« Voir les autres, c'est facile, Nando ; par contre,

peu importe le miroir, ton reflet ne sera jamais fidèle à la réalité », m'avait-elle répondu.

Refusant de me laisser affecter plus longtemps par ces souvenirs, je suis descendu de ma voiture et j'ai poussé la porte de la bâtisse. Un homme tout maigre qui semblait faire plus de deux mètres de haut était assis sur un tabouret violet, au milieu d'une pièce entièrement vide. La seule lumière provenait des dizaines de bougies accrochées aux murs. L'homme s'est levé et m'a dévisagé. C'est là que je me suis rappelé comment Consuelo l'avait surnommé la première fois qu'elle m'avait parlé de lui : « l'homme aux yeux fous et aux mille visages ». En l'occurrence, ses yeux m'avaient l'air tout à fait normaux.

Je me suis alors souvenu qu'elle avait précisé qu'il ne battait jamais des paupières.

L'homme s'est approché de moi d'un pas lent. Il était vêtu d'un jean noir et d'une chemise bleue sous une veste violette. Chacun de ses doigts était orné d'une bague et il portait plusieurs colliers de toutes les couleurs possibles et imaginables. Ses bras étaient couverts de tatouages : des visages, des nombres, des noms. Je ne reconnaissais aucun des visages, mais certains noms m'étaient familiers. Blavatsky. Crowley. Laveau. Boukman. Sur les parties de son cou qui n'étaient pas cachées par les perles, on apercevait des petits dessins complexes. Il y avait une ligne de chiffres et des pictogrammes qui faisaient penser à ceux que les adeptes du vaudou utilisent pour leurs incantations et leurs rituels.

Je ne savais pas si c'était parce que j'étais au plus bas ou parce que Consuelo m'avait parlé de lui en termes si élogieux, mais cet homme me donnait l'impression d'être extrêmement puissant.

Il s'est arrêté à un mètre de moi et m'a souhaité la bienvenue. Sa voix m'a fait penser au bruit d'un chiffon dépoussiérant un vieux meuble en bois. J'ai accepté la main qu'il me tendait pour constater que ses doigts avaient la force de ceux d'un homme de quatre fois sa carrure. J'avais beau faire quarante kilos de plus, je me suis senti faible à côté de lui.

« Toutes mes condoléances », a-t-il déclaré de sa voix d'outre-tombe – il avait l'air sincère.

Je suis resté silencieux.

« Vous êtes déboussolé. Vous avez perdu un être cher et maintenant l'amour et la haine s'affrontent en vous. Quand les fils et les filles de Changó s'égarent, soit ils disparaissent, soit ils apprennent à manier le pouvoir de leur Père. À quel groupe appartenez-vous, mon ami ?

— Au second, je crois. C'est pour ça que je suis venu vous voir, monsieur… ?

— Appelez-moi Isaac.

— Très bien. Je suis là parce que Consuelo m'a dit…

— Consuelo, m'a-t-il interrompu en exerçant une dernière pression sur ma main avant de la relâcher aussi délicatement qu'on couche un nouveau-né. Elle est le trou dans votre cœur. Et à présent, ce trou est rempli d'une énergie négative. Vous avez du mal à respirer mais ne désespérez pas, la lumière de Consuelo empêche toujours l'obscurité absolue et la tempête éternelle de douleur et de poussière d'os de vous balayer. Elle a quitté notre dimension, mais son esprit éclairé n'est désormais plus contraint à l'inaction par les limites de la chair. Elle est beaucoup plus puissante à présent qu'elle ne l'a jamais été, et c'est quelque chose de magnifique. J'ai hâte qu'elle me rende visite. »

Il s'est interrompu pour regarder au loin derrière moi. Ses lèvres se sont retroussées en une espèce de sourire, pour retrouver presque aussitôt leur position initiale. Je ne quittais pas ses yeux du regard et, en effet, ses paupières restaient immobiles.

« Consuelo est avec vous, elle vous protège et vous protégera dans la mission que vous vous apprêtez à mener. Mais soyez prudent. Le monde du danger éternel et des ombres essaye de s'insinuer en vous. Elle ne pourra pas vous protéger si vous ne l'aidez pas.

— Je vais la veng... »

Il a levé la main droite avec une rapidité d'autant plus surprenante que son visage squelettique est resté complètement impassible.

« Vous êtes un aveugle sur un bateau sans capitaine au milieu d'un océan inconnu. Je vais poser la question aux Orishas. Suivez-moi. »

Il s'est retourné et, de son bras immense et sec, il a écarté un rideau de perles pour pénétrer dans une seconde pièce. Au centre, deux chaises de part et d'autre d'une petite table ronde couverte d'une nappe blanche.

Il m'a présenté un jeu de tarot.

« Piochez trois cartes. Ne les regardez pas, gardez-les dans votre main et oubliez leur existence. Nous devons d'abord faire autre chose. »

Je me suis exécuté. Isaac a hoché la tête, avant d'envelopper les cartes restantes dans un mouchoir bleu.

Je croyais qu'on allait s'asseoir, mais il a tourné les talons et on est retournés dans la première pièce. Pendant notre courte absence, environ un tiers des bougies s'étaient éteintes, de sorte que tout semblait désormais plus sombre. Il a écarté un rideau noir qui masquait l'entrée d'une troisième pièce sans le moindre meuble. On aurait dit que les murs avaient été peints avec du sang, ou plutôt, qu'on y avait étalé du sang à la main. Au sol était étendue une peau de bête de couleur brune. À côté, un petit vase en terre.

Isaac s'est penché pour le ramasser. Il m'a regardé et s'est mis à le secouer. Quelques secondes plus tard, il a renversé le contenu sur la peau de bête. J'ai baissé les yeux pour découvrir une vingtaine de petits os. Certains ressemblaient à des os de poulet, mais d'autres étaient plus gros et je n'aurais su dire à quel animal ils avaient appartenu. Au moins deux d'entre eux ressemblaient à de minuscules pénis – j'étais certain qu'il s'agissait de doigts humains. Isaac s'est accroupi pour examiner la disposition des ossements. Je l'ai regardé faire sans rien dire. Au bout d'un moment, il s'est mis à parler sans relever la tête vers moi.

« La mort est une composante de votre vie depuis très longtemps, mais la mort qui est à présent à vos trousses est une créature bien différente. Vous avez croisé la route d'un fils d'Ogún. Les nombreux sacrifices que cet homme a faits à son Père ont ouvert l'appétit de ce dernier. Ogún réclame votre sang. "*Ogún shoro shoro, eyebale kawo.*" Il s'exprime par le sang et le meurtre. L'homme que vous avez croisé a passé un pacte diabolique avec Ogún, un accord des plus malsains. »

Si un homme veut ta peau, tu te dis qu'il faut que tu sois plus rapide que lui, plus intelligent, et que tu le cribles de balles avant qu'il te prenne au dépourvu.

Mais qu'est-ce que tu es censé faire quand c'est un dieu qui en a après toi ?

« Les os ne mentent jamais. Leur savoir nous précède et précède toutes nos religions. Ils sont habités par des esprits africains qui ont assisté à la naissance de nos dieux et se sont nourris de leur placenta. Croyez-les quand ils vous disent que vous avez de la chance. Changó est votre Père. Il ne souhaite pas votre mort, surtout pas des mains d'un fils d'Ogún. Malheureusement, la volonté de Changó et la lumière de Consuelo ne suffiront pas si vous ne faites pas l'effort de vous battre. Les affaires des Orishas deviennent complexes quand elles se retrouvent entre les mains des mortels. Ces hommes dont vous avez croisé la route sont assoiffés de pouvoir. Mais Ogún, lui, est assoiffé de sang et ils ignorent ses appels, préférant écraser leur propre corps sous le poids de l'alcool et de la drogue. Leur dieu est furieux. C'est une bonne nouvelle pour vous.

— Tous les jours, je fais une prière à la Santa Muerte, je lui ai expliqué. Une *novena*. J'allume une bougie et je lui offre du rhum et de la nourriture.

— C'est bien. Allumez aussi quelques bougies pour Changó et donnez-lui du vin blanc et des pommes pour qu'il continue à veiller sur vous. Maintenant, montrez-moi les cartes que vous avez choisies. »

Je les avais complètement oubliées. Je les ai retournées pour les tenir devant moi comme un enfant tiendrait un insecte inconnu qu'il vient de ramasser.

La première montrait une tour frappée par la foudre et des gens sautant par les fenêtres.

« La Tour, a annoncé Isaac. Le bouleversement. La vie vous coupe l'herbe sous le pied. Vous chutez, vous avez peur, vous ne comprenez pas ce qui vous arrive.

Quelque chose s'abat sur vous avec une force intense. Quand la vie ne sera plus que désordre, un incendie dévastateur consumera le bois mort, fera fuir les créatures malfaisantes et enrichira le sol pour permettre à de nouvelles graines de prendre racine. La survie est le seul chemin vers la force, et la force est le seul chemin vers la survie. »

Isaac a retiré la carte d'entre mes doigts pour examiner celle placée en dessous. On y voyait une femme aux yeux bandés, les mains nouées dans le dos, debout au milieu d'immenses épées plantées dans le sol. Au loin, derrière elle, un château se dressait au sommet d'une montagne.

« Le Huit d'épée. L'oppression. Le château représente la force qui vous oppresse et surveille chacun de vos mouvements. La femme semble prisonnière, impuissante, mais ses pieds ne sont pas entravés. Elle peut se mettre à courir ou se servir d'une épée pour trancher ses liens et affronter son oppresseur. C'est à vous de choisir. »

Une fois de plus, Isaac a retiré la carte pour révéler celle qui se trouvait dessous. On y voyait un squelette sur un cheval blanc qui brandissait un drapeau étrange, un homme mort étendu sous le cheval et deux enfants agenouillés devant : l'un visiblement à l'agonie, l'autre en pleine prière.

« Les murmures de l'avenir. La Mort. Un changement majeur est en jeu, une transmutation qui requiert une action. La nature de la Mort est double et la signification de cette carte dépend de vous. Obéissez aux Orishas et la Mort peut être une force impérieuse qui vous élèvera vers un niveau supérieur. Désobéissez-leur et les forces noires qui vous entourent vous avaleront tout entier. La mort de la chair n'est qu'une mort parmi d'autres. »

Il fallait que je sorte au plus vite de cette pièce exiguë aux murs sanglants. Que je m'éloigne de cet homme qui ne clignait jamais des yeux.

« Combien je vous dois ? j'ai demandé.

— Les amis de Consuelo ne me doivent jamais rien. Mettez à profit ce que vous avez appris aujourd'hui. Un châtiment semble souvent personnel, mais il peut aussi concerner toute une communauté. Gardez cela en tête. Allumez vos bougies. Offrez des pommes à Changó. Faites-lui comprendre que vous reconnaissez son pouvoir. Soyez humble. Priez chaque jour votre Santa Muerte. C'est une grande protectrice et une excellente guérisseuse. Livrez-lui une âme. À vous de décider si c'est la vôtre ou celle de quelqu'un d'autre. »

Il avait terminé. Il a levé la main et m'a indiqué la sortie, que je me suis hâté de rejoindre en marmonnant un vague merci.

Au moment de pousser la porte, je me suis retourné pour regarder une dernière fois cet homme qui ne clignait jamais des yeux. Il était debout, mais ses pieds flottaient à cinq centimètres au-dessus du sol.

14

Papillons et libellules
Les monstres tapis dans l'ombre
Visite tardive – Langue râpeuse
Larmes

J'ai passé mon nouveau flingue à la ceinture de mon pantalon, dissimulé la crosse sous l'arrière de ma chemise et je suis parti au boulot. Si les *mareros* voulaient venir me chercher, je les attendais de pied ferme. J'ai repensé à ce que m'avait dit le *visionero* qui ne clignait pas des yeux. Ils prenaient la confiance. Ils devenaient négligents et se laissaient aveugler par leur propre pouvoir. J'ai pris ma place à quelques mètres de la porte et je me suis mis au travail, vérifiant les cartes d'identité des clients et distribuant discrètement les petits sachets de drogue.

Plusieurs fois, j'ai senti mon portable vibrer dans ma poche, mais je l'ai ignoré. Sûrement des gens qui s'inquiétaient de ne pas avoir de nouvelles de Guillermo – s'il quittait rarement son domicile, il n'était pas du genre à ne pas répondre au téléphone. J'espérais que personne ne le cherchait pour une urgence. Car j'avais besoin de temps.

Vers le milieu de la soirée, j'ai profité d'un temps mort pour aller parler à Manny, la montagne de graisse derrière le bar. Incapable de faire un cocktail mais très doué pour garder la caisse, Manny était un Américain d'origine mexicaine. Il avait une petite amie noire qui bossait dans un des clubs de strip-tease de T. B. et qui se faisait appeler Butterfly – « Papillon » – malgré le fait que le gros insecte tatoué entre ses deux énormes seins siliconés était une libellule. Je savais que Butterfly était copine avec Nikki et Baby Girl, les deux jeunes femmes qui géraient tout le business de T. B. pendant que ce dernier jouait les patrons. Si T. B. était en cheville avec les types qui habitaient dans la baraque située derrière son club miteux, Nikki et Baby Girl étaient forcément au courant et il y avait toutes les chances que Butterfly le soit aussi.

Manny se comportait comme un connard avec pratiquement tout le monde. Mais comme c'était moi qui faisais rentrer l'argent dans la caisse qu'il était chargé de protéger au péril de sa vie, il était convaincu que j'étais son supérieur hiérarchique et qu'il devait se mettre en quatre pour moi. C'était complètement débile, mais je n'avais jamais pris le temps (ni ressenti le besoin) de lui expliquer que ce n'était pas le cas. Pour l'heure, je comptais bien mettre à profit la situation.

Je n'ai pas eu à attendre très longtemps : une heure avant la fermeture, Manny est venu me taper sur l'épaule pour m'annoncer que T. B. était clean. Apparemment, les « enculés tatoués » dont je lui avais parlé s'étaient pointés dans un de ses clubs, avaient harcelé quelques danseuses et planté le videur avec une bouteille cassée quand celui-ci avait voulu les foutre dehors.

C'était moche pour les danseuses et le videur, mais ça arrangeait bien mes affaires. Je ne tenais pas à me mettre à dos le Roi de la chatte (un des surnoms de T. B.) et à me retrouver poursuivi par une armée de Blacks armés jusqu'aux dents.

Après avoir chassé les derniers ivrognes et baissé le rideau, je suis retourné à ma voiture, tous mes sens en éveil, les poils de ma nuque hérissés comme ceux d'un chat. Sur le trajet du retour, j'ai eu l'impression d'être suivi par une grosse bagnole marron.

Une fois garé au même endroit que d'habitude, à côté des poubelles, j'ai ouvert ma portière avec l'impression de commettre une erreur grossière. Peut-être qu'ils allaient me tomber dessus comme la dernière fois ? Ou pire, qu'ils allaient me flinguer devant chez moi ? Je suis entré dans mon appartement et j'ai refermé la porte derrière moi avec un soupir de soulagement.

Je me suis rempli un verre d'eau et j'ai ouvert l'armoire à pharmacie. Il me fallait quelques heures de sommeil, quelques heures de silence. C'est alors que j'ai entendu un bruit. Un grattement. Il y avait quelqu'un à la porte.

Le Beretta s'est retrouvé dans ma main, sûreté déverrouillée, avant même que mon cerveau ait pu analyser ce qui pouvait être à l'origine du bruit.

Un aboiement.

Je me suis approché sur la pointe des pieds, puis j'ai collé l'oreille contre la porte. Une respiration haletante. Un frottement continu. Si c'était Indio ou un de ses sbires, il se montrerait plus discret. Dans le doute, j'ai posé l'index sur la détente et braqué le canon devant moi. Si quelqu'un avec un visage tatoué se tenait sur mon paillasson, il se prendrait une balle dans le buffet avant même de se rendre compte que j'avais ouvert.

J'ai tiré la porte d'un coup sec.

Kahlúa était assise sur le seuil. J'ai baissé mon arme. Derrière elle, le reste de la meute errait, la truffe au sol.

Un des chiens était couché sur le flanc et semblait dormir.

Je suis sorti prudemment et j'ai regardé à droite et à gauche. Personne. Quand j'ai de nouveau baissé les yeux vers Kahlúa, elle s'est redressée pour s'approcher de moi.

Elle a reniflé le flingue quelques instants puis, sans prévenir, elle s'est mise à lécher mon nouveau tatouage. L'instinct me dictait de retirer ma main, mais une force inconnue l'a maintenue en place. Après deux coups de sa langue râpeuse, Kahlúa s'est rassise et a levé vers moi ses yeux si humains. Ils étaient remplis de larmes. Enfin, elle s'est éloignée en trottinant sans se retourner. Le reste de la meute m'observait toujours. Vous allez me traiter de menteur, mais je vous jure qu'ils m'ont tous adressé un signe de tête avant de lui emboîter le pas. C'était comme une bénédiction, un message que m'envoyait la plus belle des âmes pour m'annoncer qu'elle était toujours à mes côtés.

15

Se débarrasser du témoin Ce qui est bon pour un saint ne peut pas être mauvais pour une petite diablotine Histoires de grand-mère Vers électriques

J'ai été réveillé en sursaut par des coups à ma porte. Le problème, avec les somnifères, c'est qu'il faut toujours un certain temps pour se remettre en phase avec la réalité. Quand ton cerveau est enveloppé dans une épaisse couverture chimique, tu gardes à distance la distraction malvenue qu'est le monde extérieur, mais, quand ce dernier parvient à entrer par effraction, tu te retrouves complètement paumé.

« Hé, Nando ! T'es là ? »

La voix de Yoli. Ça m'a aidé à relancer la machine.

J'ai secoué la tête pour tenter de me débarrasser de quelque chose qui ne voulait pas se détacher, puis j'ai enfilé mon jean et je suis allé ouvrir.

À la seconde où j'ai tiré la porte, le soleil m'a transpercé les yeux. Et quelque part dans la lumière aveuglante, Yoli s'est mise à parler.

« Je suis passée hier, mais t'étais pas là. Quand je suis rentrée du travail, il y avait deux types qui rôdaient devant ta porte. Ils étaient super bizarres, du coup j'ai fait comme si je les avais pas vus et je suis rentrée chez moi. Je sais pas si c'était des potes à toi, mais ils avaient l'air franchement… malsains. »

Malgré la chaleur ambiante, les mots de Yoli m'ont fait frissonner. Un frisson qui s'est prolongé de longues secondes à cause de la drogue qui circulait encore dans mes veines. Ces enfoirés étaient venus se débarrasser du témoin.

« À quoi ils ressemblaient ? j'ai demandé – on aurait dit que j'avais un chat mort coincé dans la gorge.

— Ils avaient plein de tatouages. À un moment, y en a un qui a souri et j'ai vu qu'il avait que des dents en or. L'autre était un peu plus petit…

— Est-ce qu'ils t'ont parlé ?

— Non, comme je te disais, je suis rentrée directement chez moi. J'avais mon portable à la main, alors j'ai fait comme si je lisais un truc. Je voulais pas qu'ils m'adressent la parole, ils me mettaient mal à l'aise. Et je dis pas ça parce qu'ils étaient latinos. Ni parce qu'ils avaient des tatouages, tu sais bien que j'en ai plusieurs. C'est juste… je sais pas. »

Je voyais exactement ce qu'elle voulait dire.

« T'inquiète, Yoli, je comprends tout à fait. C'est effectivement des sales types. Si tu les recroises, t'approche pas d'eux. »

Mes yeux avaient fini par s'accoutumer partiellement à la luminosité et je pouvais désormais voir que ma voisine portait un débardeur rouge et qu'elle n'était pas maquillée. Ses joues couleur chocolat au lait semblaient avoir été surprises sans parapluie par une averse de taches de rousseur.

« Écoute, Nando, je sais bien que tu n'es pas juste videur dans un club. Ça fait quoi, trois ans qu'on est voisins, maintenant ? Tu ne récupères jamais ton courrier. Tu ne passes jamais chez le concierge. Tu as des horaires complètement délirants. Et ça ne me pose aucun problème, tu fais ce que tu veux ; par contre, si tu as des ennuis et que tu les ramènes ici, j'ai besoin d'être au courant. J'habite seule et je n'ai pas envie de voir des types comme ça débarquer tous les jours.

— T'en fais pas pour ça, Yoli. Ces gars reviendront plus. Je te le promets.

— Comment tu peux en être sûr ?

— Parce que je vais aller les voir dès ce soir pour leur dire de plus traîner par ici. Ça te va ?

— Ça me va. »

Il y avait en elle quelque chose de sévère et de typiquement féminin. Quelque chose d'impossible à définir, mais qui pouvait détruire celui qui avait le malheur de ne pas rester sur ses gardes.

« Écoute, j'ai quelques coups de fil à passer… »

J'ai voulu me frotter le visage pour chasser le sommeil, mais Yoli m'a attrapé le poignet pour exposer l'intérieur de mon avant-bras.

« Sympa ! San Lázaro, c'est ça ? Tu l'as fait quand ? »

J'ai examiné le tatouage. Elisa s'était surpassée. Comme sur la photo que je lui avais montrée, elle avait dessiné San Lázaro un peu voûté, chaque main tendue vers un chien. Mais à présent, il y avait deux chiens autour de chaque main. À gauche, le nouveau, c'était Kahlúa. Je n'ai eu aucun mal à la reconnaître malgré le fait que le tatouage était en gris et noir. À droite, c'était aussi une femelle, mais je ne l'avais jamais vue. C'est quand j'ai remarqué ses pattes courtes et trapues que j'ai compris de qui il s'agissait.

« Ouais, j'ai répondu – ce qui était nul, mais toujours mieux que rien.

— Ma grand-mère avait une statue de lui dans son petit appartement du Bronx. Elle lui adressait une prière chaque soir. Je me souviens que quand j'étais petite et que je rentrais du parc avec les genoux tout écorchés, elle me faisait asseoir sur le canapé et laissait son chien lécher mes égratignures. Elle disait toujours que ce qui était bon pour un saint ne pouvait pas être mauvais pour une petite diablotine. »

Son sourire avait toute la puissance du soleil sans son éclat aveuglant. J'aurais voulu rester là pour l'éternité, à me délecter de son visage radieux, en attendant que tout ce qui se trouvait autour de nous se transforme en poussière et qu'il ne reste que nos deux corps.

« On dirait que ta grand-mère était une femme pleine de sagesse », j'ai commenté.

Yoli m'a lâché le poignet. À présent, il n'y avait plus la moindre sévérité dans son regard.

« C'était quelqu'un d'exceptionnel. Tous les jours, j'essaye de me montrer à sa hauteur.

— Je suis sûr qu'elle est très fière de toi.

— Bon, je vais te laisser à tes coups de fil. En tout cas, je te remercie d'avoir proposé d'aller parler à ces types. Ils étaient… flippants. Je sais que ça paraît débile, dit comme ça, mais c'est vrai. »

Elle n'avait pas idée d'à quel point elle avait raison, et je ne comptais pas le lui expliquer.

« Pas de problème, Yoli. »

Elle m'a salué, puis elle a tourné les talons et est rentrée chez elle. J'ai fermé la porte et je suis resté planté quelques secondes devant, avec l'impression que de minuscules vers électriques rampaient sous ma peau. J'ai de nouveau baissé les yeux vers mon tatouage. Ce n'était que de l'encre, mais ces deux nouveaux chiens me donnaient le sentiment que je n'étais plus seul.

16

Novena brisée
Reine des Ténèbres et de l'Au-Delà
Rhum – Restes de pizza – Pommes
Parler à Changó

Le seul moyen qu'une *novena* soit efficace, c'est de la réciter pendant neuf jours consécutifs. Mais parfois, tu as un truc important à faire avant la fin des neuf jours, alors tu ajoutes un petit supplément devant la Santísima Muerte et tu lui promets que tu allumeras toutes les bougies que tu lui dois.

En tout cas, c'était mon plan.

J'ai ramassé les feuilles que m'avait données Consuelo, j'ai allumé une troisième bougie et je me suis mis à lire.

Prière à la Santa Muerte
Jour 3

Ô, Mort toute-puissante, reine des Ténèbres et de l'Au-Delà, Dieu t'a accordé l'immortalité et je t'implore avec toute la ferveur que renferme mon cœur de diriger contre mes ennemis le pouvoir que tu détiens sur l'ensemble des mortels. Qu'ils ne puissent avaler le moindre repas, qu'ils ne puissent s'asseoir à aucune table, qu'ils ne puissent trouver le sommeil ni connaître la tranquillité. Qu'aucun de leurs desseins néfastes ne se réalise. Santa Muerte, Dame blanche adorée, je te demande de forcer mes ennemis à s'incliner devant toi, vaincus, et de les contraindre à l'humilité. Je te supplie de m'accorder la force de les écraser. Qu'ils rampent à mes pieds et me voient comme le bras armé de ta justice divine et éternelle. Je te supplie, ô Santa Muerte, reine de mon cœur, de m'accorder les faveurs que je te demande par cette *novena*. Je te supplie de m'accorder ton aide afin d'annihiler Indio et ses hommes, ces vermines qui ont fait couler le sang des innocents. Que ta volonté soit faite.

Après ma prière, j'ai allumé une bougie supplémentaire pour San Lázaro et une autre pour Changó en me disant qu'il valait mieux assurer mes arrières. Je n'avais pas de pommes, mais il me restait au frigo un peu de lait, du fromage et une part de pizza. J'ai aussi ouvert le placard sous l'évier pour y prendre ma meilleure bouteille de rhum, celle que je réservais à la Santa Muerte, et j'en ai rempli un verre.

J'ai tout déposé devant mes deux statues et j'ai promis à Changó que je lui rapporterais deux sacs de pommes s'il me venait en aide.

17

El Príncipe
Attends, attends, attends !
Putains d'assassins
Un problème de moins sur la conscience

Ce que j'avais dit à Yoli n'était pas un mensonge : j'avais effectivement un coup de fil très important à passer. J'avais l'intention de téléphoner à El Príncipe.

Chaque fois qu'il descendait à Austin avec Raúl, il me demandait si j'avais entendu de nouveaux morceaux de *narcocorrido* à la radio et il me parlait des derniers types qu'il avait tués. À notre première rencontre, il m'avait donné son numéro en me disant de l'appeler si j'avais un jour besoin de quoi que ce soit.

« Mec, si je fais ça, c'est parce que ça me plaît, pas parce que j'ai besoin d'argent », m'avait-il confié avec un clin d'œil.

El Príncipe avait une approche des choses qui ne me plaisait pas du tout. Trop voyant. Trop risqué. Trop cinglé. Mais à présent, il était mon seul recours.

Il a décroché à la deuxième sonnerie.

« Allô ?

— Allô, Príncipe ? c'est Nando. Tu sais, je bosse avec Guillermo ?

— Nando ! Quoi de neuf, mon pote ?

— C'est une longue histoire, mais pour te la faire courte, Guillermo et Consuelo ont été assassinés.

Et maintenant, ces enculés en ont après moi, alors il faut absolument que je les crève avant qu'ils me retrouvent.

— Attends, attends, attends ! Guillermo est mort ? Qui l'a tué ? Est-ce que Raúl est au courant ?

— Je sais pas, mais je préfère que tu lui en parles pas tout de suite. C'est mon problème et je veux le régler le plus vite possible. Aujourd'hui. Je me sens responsable. Si tu veux bien descendre de Dallas pour me filer un coup de main, j'ai quatre mille dollars pour toi. C'est tout ce que j'ai.

— Mec, je veux pas de ton argent. Tu sais bien que c'est pour le plaisir que j'appuie sur la détente. Et puis de toute façon, si Raúl apprend que son frère est mort, il va me demander de descendre pour faire exactement ce que t'as en tête. Allez, dis-moi où t'habites. Et qui sait ? Peut-être que je vais marquer des points auprès du patron en réglant le problème avant qu'il me le demande ! »

Je lui ai donné mon adresse et il m'a promis qu'il serait à ma porte dans les trois heures. Si El Príncipe n'était vraiment pas quelqu'un pour qui j'éprouvais de l'affection, je me sentais soudain beaucoup mieux à l'idée d'avoir un fou de la gâchette prêt à flinguer ces putains d'assassins gratuitement. Je me suis même dit que ça avait une chance de réussir. Autre point positif, je savais à présent que Raúl ne pourrait pas me soupçonner d'avoir quelque chose à voir avec la mort de son frère. Au contraire, il me verrait comme un type rongé par la rage et le désir de vengeance. Peut-être même que ça le rendrait admiratif. Ouais, c'était même sûr. En attendant, ça me faisait un problème de moins sur la conscience.

18

Deux oxys
Chilaquilitos **– Sandwich jambon-poulet –**
Agua fresca de melón
Bain de balles
Psaume 83

En fonction du trafic sur l'I-35, le trajet de Dallas à Austin prend entre deux heures et demie et cinq heures. J'ai croisé les doigts pour qu'El Príncipe ne se retrouve pas dans les bouchons, et j'ai décidé d'aller prendre un solide petit déjeuner. Après ça, je comptais mettre à exécution une idée qui me trottait dans la tête depuis ma visite chez le *visionero*.

Je me suis habillé, j'ai pris mon flingue, j'ai gobé deux oxys et je suis monté dans ma voiture direction Arandas, un de mes restaurants mexicains préférés. Là, j'ai bouffé comme si c'était mon dernier repas. Des *chilaquilitos*, un sandwich jambon-poulet et, pour faire passer tout ça, une *agua fresca de melón*. Si ça devait être mon dernier jour, autant mourir le ventre plein.

Après le repas, je suis rentré chez moi. J'ai posé ma Santa Muerte sur une grande assiette et j'ai versé de l'eau dessus. Ensuite, j'ai retiré les quinze balles du chargeur, je les ai mises à tremper dans l'eau bénite, puis je suis allé dans ma chambre récupérer une vieille bible que je n'ouvrais quasiment jamais. La première fois que j'étais rentré chez moi le nez en sang, ma grand-mère m'avait dit de lire le Psaume 83. Depuis, j'avais eu d'autres occasions de le consulter et je me disais que quitte à demander la protection de la Santa Muerte, de San Lázaro et de Changó, autant adresser aussi une prière au dieu de ma grand-mère. Agenouillé devant les balles immergées, j'ai lu à haute voix la dernière partie du psaume, la seule qui m'intéressait vraiment :

Mon Dieu, fais-les tourbillonner
comme de la paille en plein vent.
Tel un feu qui dévore la forêt,
telle une flamme qui embrase les montagnes,
poursuis-les de ta tempête,
épouvante-les par ton ouragan.

Couvre de confusion leur visage,
et qu'ils cherchent ton nom, SEIGNEUR !
Frappés pour toujours d'épouvante et de honte,
qu'ils périssent, déshonorés,
qu'ils sachent que tu portes le nom du SEIGNEUR, toi seul,
le Très-Haut sur toute la terre !

L'élixir de la Santa Muerte guiderait mes balles vers leur cible et, si ça ne marchait pas, peut-être que Dieu serait là pour rattraper le coup. Il était temps de les sortir de l'eau, de les sécher et de les remettre dans le chargeur. La prochaine fois qu'elles en sortiraient, ce serait avec un dessein mortel. Ne me restait plus qu'à m'asseoir, profiter de la douceur ambiante apportée par les deux oxys et attendre El Príncipe. C'est alors que je me suis rappelé quelque chose. Je suis retourné dans ma chambre, j'ai retiré ma chemise et j'ai enfilé la *guayabera* de Niño Fidencio.

19

Canon doré
La Barbie – CPS – Leyva
Deux kilos de mort
Tuer un démon

El Príncipe est arrivé au moment où les ombres commençaient à s'allonger.

Chemise blanche. Jean de créateur qui devait valoir au moins la moitié de mon loyer. Casquette vissée sur la tête. Grosse chaîne en or et pendentif en forme de trône qui pesait à vue de nez dans les deux kilos. Baskets blanches qui semblaient tout juste sorties de leur boîte.

Je me suis demandé ce qu'il pensait de ma chemise de grand-père, mais il n'a pas fait de commentaire.

Il avait l'air heureux, pas stressé le moins du monde. Il m'a donné l'accolade et m'a assuré qu'il était vraiment désolé pour Consuelo. Par contre, il n'a pas dit un mot au sujet de Guillermo, comme s'il avait deviné que sa perte m'affectait moins. Pour un homme dont les seules passions consistaient à cribler les gens de balles et à s'acheter des sapes et des breloques, cet enfoiré était beaucoup plus lucide que je ne l'aurais cru.

Il m'a suivi dans le couloir en me racontant son trajet depuis Dallas. À l'entendre, on aurait cru qu'il était descendu pour un pique-nique au bord de la rivière plutôt que pour assassiner des hommes dont je n'étais même pas sûr qu'ils pouvaient être tués de manière conventionnelle.

« Bref, me voilà, mec ! s'est-il exclamé en se laissant tomber sur mon canapé, son regard passant de mon visage à l'autel érigé dans un coin de la pièce – j'aurais été bien incapable de deviner ce qu'il pensait des offrandes étranges que j'avais disposées devant. Dis-moi comment tu vois les choses ! Et regarde, mon pote, je suis pas venu les mains vides ! »

Sans me laisser le temps de répondre, il a sorti de sous sa chemise blanche trop grande pour lui un pistolet qui aurait plus eu sa place sur un galion, à cracher des boulets pendant une bataille navale. L'arme était recouverte d'un placage en or.

« C'est pas un flingue, ça, c'est un putain de canon ! » je me suis exclamé.

Il s'est mis à agiter le calibre en l'air, fier comme un paon.

« Ce petit bijou est un Desert Eagle, mec ! Ça balance des pruneaux de calibre .50 ! La première fois que j'ai tiré avec, je le tenais qu'à une main et le recul a failli m'arracher le bras ! J'ai pas encore eu l'occasion de voir ce que ça pouvait faire sur un bonhomme, mais le résultat doit pas être beau à voir !

— Où est-ce que tu as dégoté un flingue plaqué or ?

— La Barbie me l'a donné. Il y a quelques semaines, Raúl m'a envoyé à Morelos pour aider le cartel del Pacífico Sur à calmer quelques têtes brûlées – des types qui ont pété un plomb quand la marine mexicaine a buté Arturo Leyva. Tout ça pour dire, la Barbie, une vraie bombe ! On a un peu fricoté pendant un jour ou deux et elle m'a montré sa collection de flingues : que des calibres roses avec des paillettes ! Mais le dernier jour, elle m'a filé ça », a-t-il conclu en brandissant fièrement son arme.

Mon quotidien au club était tellement aux antipodes des horreurs qui se passaient au Mexique que je ne savais même pas que les Zetas s'étaient alliés au CPS ou que la Barbie avait désormais assez de pouvoir pour se faire envoyer à l'occasion des renforts par des types comme Raúl. À vrai dire, c'était plutôt une bonne chose que je ne sois pas au courant. Ma vie était ici et ça m'allait très bien comme ça. Une bonne paye, des *tacos* savoureux, des cachetons à volonté, Consuelo, et quelques cadavres. J'avais conscience que les choses ne seraient plus jamais pareilles, mais j'avais bon espoir que ce que je m'apprêtais à faire m'aiderait à ne pas tout perdre.

Je me suis approché du canapé en désignant l'énorme flingue. El Príncipe l'a pris par le canon et me l'a tendu. L'engin devait peser au moins deux kilos.

« Me dis pas que ce truc contient quinze balles…

— Non, mec, seulement sept », il a répondu.

Sept balles. La puissance de feu nécessaire pour neutraliser sept rhinocéros.

« C'est tout ce que t'as apporté ? j'ai demandé. Parce qu'on risque d'avoir besoin d'un peu plus que sept balles, tu sais ?

— J'ai aussi un Uzi dans la voiture, il m'a annoncé avec un sourire de gosse parlant de son nouveau vélo.

— Un Uzi rose ?

— Non, celui-là est noir. »

Je ne sais pas pourquoi, mais il a regardé ma statue de la Santa Muerte juste après avoir dit ça. J'ai suivi son regard, puis je lui ai rendu son arme et je me suis assis à côté de lui.

La lumière s'infiltrait de biais par la fenêtre, transperçant les stores vénitiens et transformant mon frigo en un zèbre venu d'une autre dimension. Le soleil se couche vite au Texas. Le spectacle allait bientôt pouvoir commencer.

« Et toi, qu'est-ce que t'as comme calibre ? » m'a demandé El Príncipe.

Je lui ai montré mon arme.

« Beretta, a-t-il observé. 9 millimètres. Un classique.

— Le chargeur est rempli de balles à tête creuse.

— Ça veut dire que c'est du sérieux, alors !

— T'as pas idée.

— Tant mieux. Je suis pas venu jusqu'ici pour voir ta sale gueule et tes statues bizarres !

— Ça va bientôt être l'heure d'y aller. Ces types travaillent la nuit, donc j'imagine qu'au coucher du soleil, ils seront chez eux à se préparer. Si on arrive trop tard, on risque de les rater. Comme ils connaissent ma voiture, je te propose qu'on prenne la tienne. Ces fils de putes de *mareros* crèchent dans un taudis sur Webberville Road, juste derrière T. B.'s Lounge. Mais j'ai vérifié, cette vieille ordure de T. B. est pas dans le coup. Bref, mon idée, c'est qu'on passe devant deux ou trois fois. S'ils sont là, on attaque. Sinon, on planque quelque part et on attend.

— Ils sont combien, en tout ?

— Quatre, je crois.

— Quatre ? Tu te fous de ma gueule ? Tu m'as fait venir jusqu'ici pour quatre mecs alors qu'il te suffirait de t'approcher de la fenêtre pour les fumer depuis…

— Non, j'ai besoin de toi.

— Pourquoi ? Ils se baladent avec des kalachs et des lance-roquettes ?

— Ils sont quatre et il y en a trois dont je me fous plus ou moins. Mais leur chef, c'est une autre histoire. Un type vraiment bizarre. Tout ça pour dire, je sais pas comment ça va se passer, mais je préfère avoir du renfort.

— T'as l'air flippé, mec… »

Son ton était à cheval entre la plaisanterie et la critique. Mais il avait raison. J'avais peur. Très peur. Plus peur que jamais. Ce n'est pas forcément facile de décrire ce qu'est l'amitié, alors comment définir la relation qui te lie avec un gars qui n'est pas ton pote mais qui semble prêt à risquer sa vie pour toi ? Peut-être qu'il était temps d'en dire un peu plus à El Príncipe, au risque de le faire fuir. Peut-être qu'il fallait que je joue cartes sur table et que je lui avoue qu'après avoir tué quelques connards insignifiants, on allait essayer de s'en prendre à un démon.

Ou pas.

Après tout, l'omission n'est pas un péché capital.

20

Trajet vers l'oubli
Rail de coke – Chaos – Petit nuage rouge
Le plan qui n'en était pas un
Dans les bras de la Santa Muerte

La voiture d'El Príncipe était une énorme Cadillac Escalade blanche. Contre toute attente, elle n'était pas montée sur des jantes 22 pouces et ne crachait pas de la lumière par en dessous comme si elle avait roulé sur une boule à facettes.

Il a déverrouillé les portes et regardé autour de lui. Puis, au lieu de s'installer au volant, il a fait le tour de la voiture et a ouvert le coffre. Après un dernier coup d'œil aux alentours, il a retiré sa chemise, révélant un tee-shirt blanc. Dans le coffre, il a récupéré un gilet pare-balles.

« C'est un flic à qui j'ai rendu quelques services qui me l'a filé. T'en as un, toi ?

— Non.

— Putain, mec, t'es soit le gars le plus courageux que je connaisse, soit le plus con », a-t-il commenté en enfilant le gilet avant de remettre sa chemise par-dessus.

Je savais malheureusement très bien quelle supposition était la bonne.

On s'est installés dans l'énorme véhicule et les enceintes se sont mises à hurler à la seconde où il a tourné la clé dans le contact. Du *reggaetón*. Les basses étaient si puissantes qu'elles faisaient trembler ma poitrine. Il a éteint aussitôt. Je l'ai regardé.

« Pas la peine qu'ils nous entendent arriver à deux kilomètres, mec. »

J'étais tellement terrifié par ce qu'on s'apprêtait à faire que je n'arrivais plus à réfléchir. À cet instant, avoir El Príncipe à mes côtés m'a donné l'impression que l'ange gardien que j'attendais était enfin descendu du ciel pour me protéger. La chemise blanche et le visage rasé de frais y étaient pour beaucoup.

El Príncipe connaissait le chemin. Il a descendu North Loop Boulevard et s'est engagé sur Airport Boulevard. Quand on est passés sous l'I-35, mon cœur s'est arrêté de battre. La dernière fois que j'avais fait ce trajet, c'était enfermé dans un coffre. Le siège passager de la Cadillac était beaucoup plus confortable.

Le silence qui nous entourait n'était pas désagréable. On savait plus ou moins ce qu'on était en train de faire, et parler d'autre chose m'aurait paru déplacé. Si j'en croyais l'expression sur le visage d'El Príncipe, il était sur la même longueur d'onde que moi.

On est restés un bon moment sur Airport Boulevard, avant de prendre à gauche pour rejoindre Webberville Road. Au premier feu, il fallait tourner de nouveau à gauche pour rejoindre T. B.'s Lounge.

« T'as dit que c'était la maison derrière T. B.'s, c'est ça ?

— C'est ce qu'on m'a dit, oui.

— Très bien. Baisse-toi. Je vais passer devant avec mon téléphone à la main comme si je cherchais mon chemin. Si ces enculés sont là, vaut mieux pas qu'ils te voient – ça foutrait en l'air l'effet de surprise. »

Ce n'était pas ce que j'avais en tête, mais la logique d'El Príncipe était imparable, alors j'ai reculé le siège et j'ai fait ce qu'il m'a dit. J'ai prié pour que les deux chiens tatoués sur mon bras me donnent la force dont j'avais besoin.

El Príncipe a sorti son portable de sa poche et s'est mis à le tripoter en tournant la tête à droite et à gauche.

« On est presque devant T. B.'s Lounge », m'a-t-il informé au moment où la voiture ralentissait.

J'ai fermé les yeux pour poursuivre ma prière silencieuse.

« Il y a bien une petite bicoque derrière. Personne dehors, mais il y a de la lumière. »

El Príncipe a continué à avancer au pas tout en faisant mine de regarder son téléphone. C'était un pro, et je m'en voulais presque d'avoir critiqué ses méthodes. D'un autre côté, je savais que ce n'était que le début. On m'avait raconté trop d'histoires à son sujet – portes ouvertes à grands coups de pied, fusillades en plein jour et devant témoins – pour que je me mette à croire qu'une fois dégainé le bazooka qui lui servait de flingue, il allait se comporter avec la discrétion d'un ninja plutôt que comme un cow-boy complètement bourré.

« Tu peux te redresser. Je vais refaire un passage. Ce coup-ci, regarde si tu vois quelqu'un à l'intérieur. Peut-être qu'il y a personne et qu'ils ont juste laissé les lumières allumées. »

Il a fait demi-tour au bout de la rue et je me suis accoudé à la fenêtre, le bas du visage dissimulé derrière ma main, au cas où.

Il aurait suffi de casser un carreau pour que la petite bâtisse marron ait l'air complètement à l'abandon.

Devant, la pelouse n'était plus qu'un mélange triste de terre desséchée et d'herbes jaunes. La porte du garage était enfoncée et la couche de peinture blanche qui l'avait recouverte un jour s'écaillait. Il y avait deux fenêtres qui donnaient sur la rue, toutes les deux à gauche du garage. Entre elles se dressait une porte marron foncé.

À première vue, il ne semblait pas y avoir de mouvement à l'intérieur, mais ça ne voulait pas dire pour autant que les lieux étaient vides.

« Gare-toi après T. B.'s Lounge. On coupera par son jardin ; normalement, y a pas de grillage. »

El Príncipe a fait ce que je lui demandais.

Une fois le moteur coupé et les phares éteints, j'ai inspecté la rue. Il n'y avait qu'une petite poignée de voitures devant le club. Ça m'allait très bien comme ça. Moins de témoins potentiels quand la fusillade éclaterait. Ne restait qu'à espérer que la musique à l'intérieur suffirait à couvrir le bruit des coups de feu ou, dans le cas contraire, que les clients se plieraient à la règle tacite en vigueur à East Austin : si les flics viennent fouiner, personne n'a rien vu et personne n'a rien entendu.

« T'es prêt ? » m'a demandé El Príncipe.

Sa question m'a percuté comme un train lancé à pleine vitesse et réfléchir à la réponse a achevé de détruire le ciment invisible qui me maintenait entier.

J'aurais voulu dire « non », le hurler à pleins poumons et prendre la fuite dans la direction opposée.

El Príncipe a sorti de sa poche une petite fiole de coke dont il s'est empressé de dévisser le capuchon. Il a déposé un peu de poudre blanche sur son poing droit serré, l'a sniffée, puis il m'a tendu la fiole. Ça faisait une éternité que je ne m'étais plus brûlé les sinus au feu blanc.

« Tape dedans ! Ça va te faire gonfler les *cojones* ! »

Je me suis tourné vers lui ; il avait un grand sourire.

Mais il avait tort. La coke ne me donnerait pas plus de courage. Pas plus de *cojones*… En revanche, je savais qu'elle chasserait les éventuels vestiges d'oxycodone qui risquaient de me ralentir, alors j'ai versé un petit tas de poudre sur mon poing et, d'une inspiration puissante, je l'ai fait disparaître dans ma narine droite.

Deux secondes se sont écoulées sans qu'il se passe rien. Puis ma tête a explosé.

Sniffer de la came coupée par un dealer cupide est une chose, s'envoyer de la poudre pure dans le cerveau en est une autre – j'avais l'impression d'avoir plongé la tête dans l'eau froide puis de m'être fait des boucles d'oreilles avec des pinces crocodiles reliées à une batterie de voiture.

« J'ai peur, mec. »

C'est sorti comme ça. El Príncipe s'est tourné vers moi.

« On en a déjà parlé, mon pote. On va aller voir si ces fils de putes sont là et régler cette histoire une bonne fois pour toutes. On est venus là pour appuyer sur la détente et c'est exactement ce qu'on va faire. Bientôt, tu seras de retour chez toi et plus personne pourra t'empêcher de dormir comme un bébé.

— Tu veux essayer de tuer un démon avec des balles normales. C'est impossible !

— Les démons, ça existe que dans ta tête, mec.

— Je te jure que ce gars en est un, il… »

El Príncipe m'a frappé la poitrine du revers de la main.

« Sors ton flingue ! il m'a ordonné.

— Quoi ? Mais je…

— Sors ton flingue, bordel ! » il a crié.

Je me suis exécuté. Il m'a arraché l'arme des mains et m'a donné un coup de crosse sur la tête. La douleur m'a transpercé le cerveau.

« Tu sens ça, mec ? C'est un Beretta avec des putains de balles à tête creuse. C'est réel. Ta douleur est réelle. Alors oublie deux secondes tes conneries de religion. Y a pas de démons, pas de saints, pas de dieu, que dalle. On rentre là-dedans et on fume ces enculés qui ont tué Guillermo et Consuelo. C'est clair ? Ça, c'est réel. Tout le reste, oublie ! »

Il a laissé tomber le pistolet sur mes genoux avant de sortir de la voiture. Je l'ai ramassé et j'ai ouvert ma portière.

L'instant d'après, on était debout sur le trottoir, l'un en face de l'autre, à se regarder sans rien dire.

« Allez, mec, on y va ! »

El Príncipe s'est dirigé vers T. B.'s Lounge, d'où provenaient des accords de blues. Je l'ai suivi. Entre l'assurance qui émanait de lui et la coke dans mon cerveau, je me sentais un peu plus en confiance.

« On va faire comme t'as dit et couper par là. »

Il y avait derrière le club un grand espace entouré d'arbres et de bambous desséchés. J'ai eu peur d'y croiser un client sorti fumer une cigarette, mais il n'y avait personne. On a couru jusqu'aux arbres, pour pouvoir approcher la petite bicoque marron par le côté.

Sur le flanc gauche, il y avait une petite fenêtre avec des rideaux blancs. Dans cette pièce, la lumière était allumée.

« On n'a qu'à s'approcher du carreau pour voir si on repère quelqu'un ou si on entend quelque chose. »

Une grosse bagnole marron qui avait l'air aussi vieille que la baraque est passée dans la rue. J'ai sorti mon arme en la voyant ralentir, mais elle a continué sa route sans s'arrêter et j'ai pu reprendre mon souffle.

On n'était plus qu'à trois mètres de la fenêtre quand on a entendu un rire s'élever de l'intérieur de la maison. Il ne nous en fallait pas plus.

El Príncipe s'est accroupi. Je l'ai imité, et il s'est tourné vers moi.

« Ces enfoirés me connaissent pas, moi. Du coup, je vais faire le tour et frapper à la porte. Toi, tu restes accroupi à côté de moi, discret. Le premier mec qui ouvre, je lui mets une balle dans la tête, et ensuite je tire dans le tas. Toi, tu me suis et tu essayes de revenir à ma hauteur si la voie est libre. Surtout, tire pas si je suis devant toi. Si tu fais ça, je te jure que je te bute sur place. »

C'était un plan de merde, si tant est qu'on puisse qualifier de plan cette mission suicide. Et c'était exactement pour ça que, dès le début, j'avais dit à Guillermo de ne pas faire appel à El Príncipe. En plus, je n'avais même pas de gilet pare-balles. Mais comme je n'avais rien d'autre à proposer et que j'étais trop tétanisé pour objecter, j'ai acquiescé.

On a progressé lentement le long de la maison, nos corps à deux doigts de se frôler, l'oreille tendue pour guetter les bruits de l'autre côté du mur. Quand on a atteint l'angle, El Príncipe s'est tourné vers moi et a hoché la tête. Pas un mot d'encouragement. Pas un geste rassurant. Rien.

Il est passé devant la première fenêtre sans prendre

la peine de se baisser. À un moment, je me suis rendu compte qu'il avait sorti son énorme flingue et qu'il le tenait maintenant caché dans son dos. Après s'être retourné une dernière fois vers moi, un grand sourire aux lèvres, il s'est dirigé vers la porte d'entrée d'un pas assuré. Je l'ai suivi, plié en deux, en m'assurant de rester à un ou deux mètres de lui. Il a frappé. De la main gauche. Dans ma tête, c'était comme des détonations.

Je haletais, pris de vertiges – la peur me rendait stupide. J'ai entendu des voix à l'intérieur, dont une qui s'approchait de la porte. Il y a eu un cliquetis.

La porte s'est ouverte.

El Príncipe a levé son arme.

Un bruit de fin du monde.

Le temps de cligner les yeux, il avait disparu, alors je me suis redressé et j'ai couru vers l'entrée.

Un type était allongé dans une mare de sang qui s'élargissait à vue d'œil. Il lui manquait la moitié du visage. L'autre moitié était couverte de tatouages.

El Príncipe avait le canon de son arme braqué vers le couloir. Il a fait feu de nouveau et son bras droit s'est redressé d'un coup, comme si le flingue voulait prendre son envol. Il a serré la crosse à deux mains.

Des cris ont commencé à s'élever des chambres à l'arrière de la maison.

Une silhouette est apparue derrière un vieux canapé marron à droite de l'entrée. Un type à la peau brune. Torse nu. De l'encre sur tout le corps. Nos deux armes se sont braquées sur lui simultanément, mais c'est moi qui ai tiré le premier, provoquant une explosion de poussière et de plâtre. Le type s'est baissé, les mains sur la nuque pour se protéger. C'est à ce moment-là que le deuxième coup de feu a résonné. Cette fois, El Príncipe avait visé. L'épaule du gars a volé en éclats et une giclée de sang a éclaboussé le mur derrière lui. On aurait dit que le type s'était fait plaquer au mur par un joueur de rugby. Son bras est retombé, inerte, mais cet enfoiré de *marero* n'était pas mort. J'ai appuyé une deuxième fois sur la détente et le sommet de son crâne a disparu dans un petit nuage rouge.

Deux en moins. Malheureusement, si j'en croyais les cris qui continuaient à résonner dans la maison, on n'avait pas encore fait la moitié du boulot.

Soudain, quelqu'un est apparu dans le couloir et s'est mis à nous canarder. Je me suis allongé par terre, mais El Príncipe n'a pas paniqué : il a soulevé tranquillement l'espèce de bazooka qui lui servait de pistolet et a tiré deux balles. Les deux détonations ont fait trembler tout mon corps, un peu comme quand les basses sont trop fortes au club.

J'ai à moitié couru, à moitié rampé en direction du deuxième cadavre, dans l'espoir de surprendre ces fils de putes en leur tirant dessus depuis le sol. Avec un peu de chance, ils ne me verraient pas venir. J'ai regardé El Príncipe. Les balles volaient dans le couloir sans lumière comme des frelons dont on vient de secouer le nid, mais il restait planté là, droit comme un I, tenant son arme à deux mains, imperturbable. *Boum !* Le canon de son arme a tressauté pour la sixième fois. Mais soudain, un projectile l'a atteint à la poitrine et il a titubé à reculons. Il a tiré de nouveau, mais à une seule main, cette fois. Le flingue a rué comme une mule effrayée. Une seconde plus tard, sa tête basculait en arrière et il s'effondrait au sol.

Je me suis rendu compte que j'allais devoir tirer avec

la main gauche si je voulais passer le canon de mon pistolet dans le couloir et balancer quelques pruneaux sans risquer de m'en prendre un entre les deux yeux.

Je n'avais jamais tiré de la main gauche. C'était bizarre, comme sensation. J'ai pressé la détente quatre fois. Pas de cri, mais la fusillade s'est interrompue quelques secondes.

Soudain, un homme a déboulé dans le couloir, un objet long et noir à la main. Malheureusement pour lui, il a fait l'erreur de regarder à droite en arrivant à ma hauteur. J'ai levé mon Beretta et j'ai fait feu. Le type a poussé un hurlement avant de se tourner vers moi, plié en deux. Quand j'ai vu qu'il s'apprêtait à braquer son fusil vers moi, j'ai tiré deux fois. Je ne sais pas où s'est perdue la première balle, mais la seconde a transformé la partie gauche de son cou en une bouillie écarlate. Le sang s'est mis à gicler comme dans un Tarantino.

J'avais les tympans qui bourdonnaient et l'odeur de poudre me violait les narines.

Aucun tir en provenance des chambres. Je me suis assis et j'ai attendu, avec l'impression que mon cœur donnait des grands coups pour s'enfuir de ma poitrine.

Au bout d'un moment, j'ai entendu un bruit de pas qui s'éloignaient.

Puis un autre son, impossible à identifier. J'ai rassemblé le peu de courage qui me restait pour m'allonger par terre et risquer un coup d'œil dans le couloir.

Il était vide.

J'allais devoir me lever et terminer ce que j'avais commencé.

J'ai prié.

Santa Muerte, fais qu'ils ne soient que quatre.

S'il restait plus d'un *marero*, j'étais mort.

Consuelo. J'avais besoin de sa voix. Mais rien.

Mon regard s'est posé sur mon avant-bras. Les deux chiens étaient toujours là. Ça voulait dire qu'elle aussi était là.

Je me suis levé et me suis collé au mur. Le bourdonnement dans mes oreilles se dissipait peu à peu, mais pas assez vite à mon goût. Si quelqu'un dans la maison murmurait ou se déplaçait sur la pointe des pieds, je ne pourrais pas l'entendre.

Je me suis tourné vers le cadavre d'El Príncipe. J'ai envisagé un instant de récupérer son gilet pare-balles, avant de me dire que c'était le meilleur moyen de me faire tuer.

« Santa Muerte, protège-moi. »

Je l'ai dit à haute voix. Puis je me suis avancé dans le couloir, le canon de mon arme ouvrant la marche, prêt à distribuer ses projectiles bénis.

La première porte, ouverte, se trouvait sur la gauche et donnait sur une pièce plongée dans l'obscurité. Restaient deux portes sur la droite. Celle du fond, où il y avait de la lumière, était forcément la chambre qu'on avait repérée de l'arrière de la maison. L'autre devait être une salle de bains. En passant devant, j'en ai eu la confirmation – un lavabo blanc brillait dans la pénombre.

Indio ne pouvait être que dans la chambre.

J'ai repensé à la gorge tranchée de Consuelo. Son corps adossé négligemment au placard de la cuisine comme un sac-poubelle qu'on a oublié de sortir. J'avais besoin que la rage prenne le pas sur la peur.

Santa Muerte, protège-moi.

Simple et concis. Un mantra personnel et immédiat.

Un courant d'air a caressé mes bras trempés de

sueur. Un message divin. J'ai fermé les yeux et j'ai murmuré un merci. Le courant d'air s'est intensifié.

La fenêtre.

Indio était en train de s'enfuir.

J'ai entendu un rire derrière moi. Je me suis retourné, prêt à tirer. Personne. Le rire s'est élevé de nouveau, cette fois de l'autre côté.

Je me suis précipité dans la chambre. Il y avait un matelas jeté par terre et quelques bouteilles éparpillées. Il flottait dans l'air une odeur de cannabis et de transpiration. La fenêtre était effectivement ouverte, et les rideaux s'agitaient tranquillement dans la brise. Ce fils de pute s'était barré. Je n'avais pas le choix, il fallait que je me lance à sa poursuite.

Je me suis approché de la fenêtre, j'ai tiré les rideaux et j'ai commencé à escalader le rebord.

J'ai à peine eu le temps de poser un pied sur le gazon que quelque chose m'a foncé dessus. J'ai vu des boules de lumière blanche tout autour de moi.

Indio.

Il m'avait tendu un piège.

Le canon de son arme s'est écrasé sur ma tête, éteignant instantanément les boules lumineuses. Mes jambes se sont dérobées, ma main droite a lâché le pistolet. Indio m'a attrapé par le col de ma chemise et a achevé de me tirer dehors. Quand il m'a lâché, je suis tombé sur le dos, le souffle coupé. Indio s'est alors mis à me rouer de coups de pied en poussant des grognements sourds. Dans ma poitrine, quelque chose a craqué. Ça a fait comme si on m'enfonçait une lame dans le thorax.

« Nous, notre truc, c'est de tuer, sale pédé. »

Sa voix aurait fait fuir une meute de loups enragés.

« T'es rien, toi, pauvre enculé. Personne s'attaque à la Salvatrucha. Personne s'attaque à moi. »

Il m'a donné un autre coup de pied et la lame s'est enfoncée un peu plus profond. J'avais les yeux grands ouverts mais, pendant quelques secondes, je n'ai vu que du noir.

Indio m'a de nouveau attrapé par la chemise, puis il m'a soulevé et s'est mis à crier dans une langue étrange. Un son presque physique qui m'a léché le visage comme une bouffée d'air brûlant. Quand mes pieds se sont retrouvés au-dessus du sol, j'ai compris que sa force n'était pas humaine.

Des postillons s'échappaient de sa bouche et les mots qu'il prononçait s'entrechoquaient pour former des grognements. Puis soudain, il s'est tu, m'a reposé par terre et s'est raidi. Sa tête a basculé en arrière et il s'est remis à parler dans la même langue étrange, sauf que cette fois, on aurait dit un chœur de trois ou quatre personnes.

J'ai levé les yeux. Il parlait, mais ses lèvres étaient immobiles. À un moment, des espèces de minuscules mains prisonnières à l'intérieur de son ventre se sont mises à pousser contre la peau pour sortir. L'abdomen d'Indio s'est gonflé comme un ballon, avant de retrouver sa forme initiale. J'ai ouvert la bouche pour hurler, mais aucun son n'est sorti.

L'œil noir de son pistolet était braqué sur moi.

J'aurais voulu me redresser, lui arracher le flingue des mains, le lui enfoncer dans le cul et appuyer sur la détente. Hélas, j'en étais incapable. À cet instant, il n'y avait que la douleur. Ma prière préférée m'est revenue.

« Dame blanche, Dame noire, à genoux je te demande, je te supplie, je t'implore de faire ressentir ta force, ta puissance et ton pouvoir absolu à ceux qui veulent me détruire. »

Je n'ai pas eu le temps de poursuivre ma récitation mentale qu'Indio s'est remis à parler. Sa voix était celle d'un monstre, et elle se distinguait du bruissement continu du chœur incompréhensible qui venait de nulle part et de partout à la fois.

« *Ogún oko dara obaniché…* »

Ses yeux n'étaient plus qu'obscurité. Les petites mains avaient disparu, remplacées par des contours de visages. Quelques mouches se sont échappées de sa bouche.

« *… aguanile ichegún…* »

Un long tube fin et noir est apparu à côté de la tempe du démon tatoué.

Pfioum.

Sa tête a basculé d'un coup sur le côté. Puis le bras qui tenait le pistolet est retombé et Indio s'est écroulé au sol.

Un silencieux vissé à un .9 millimètres noir. Au bout de la crosse, le Russe. Il m'a regardé, puis il a regardé le corps d'Indio et il lui a logé deux balles de plus en pleine tête. Les yeux du démon ont retrouvé une apparence normale. Quelques dernières mouches se sont échappées d'entre ses lèvres, mais son ventre et sa poitrine ne bougeaient plus.

« Il n'est pas immortel », a commenté le Russe.

J'ai toussé. La douleur m'a arraché un grognement.

« Toi et ton ami, vous êtes vraiment stupides, Nando. »

Je n'étais pas d'humeur à débattre. D'autant plus qu'il avait raison.

« Tu as de la chance que je sois curieux. Et tu as

de la chance que j'aie eu honte de renoncer à l'affrontement une deuxième fois dans ma vie. Tu devrais remercier ma mère. C'est son souvenir qui m'a poussé à venir ici. Prie pour sa *dusha*. »

J'ai acquiescé.

« Maintenant, il est temps de partir. Avec le bruit, les flics ne vont pas tarder. Surtout, ne reprends pas la voiture avec laquelle tu es venu. Est-ce que tu veux que je te dépose quelque part ? »

J'ai acquiescé de nouveau. J'aurais voulu le remercier, mais les mots ne sortaient pas. Le Russe m'a tendu la main. Je l'ai saisie et il m'a soulevé comme si je ne pesais rien. La douleur abominable s'est réveillée dans ma poitrine. Je me suis appuyé sur lui, et on s'est éloignés.

« Le Tchort qui te suivait, il est mort à présent.

— Ou… oui. Merci.

— Cet homme aux yeux noirs, ce n'est pas pour toi que je l'ai tué, Nando. C'est pour moi. »

Sa phrase ne requérait aucune réponse.

On a contourné T. B.'s Lounge. Le Russe a ouvert la portière passager de son énorme pick-up et m'a aidé à m'installer sur le siège. Après quoi il s'est assis au volant et on est partis. Il ne m'a pas demandé mon adresse.

« Qu'est-ce que tu vas faire, maintenant que ton patron est mort ? m'a-t-il demandé.

— Je sais pas. Je vais y réfléchir, mais je vais commencer par acheter des pommes, prendre un truc contre la douleur et prier. Je pense que je vais remercier ma Santa Muerte pendant une journée entière. Et ensuite, peut-être que je brancherai ma voisine pour aller manger des *tacos* quelque part. Je sais pas. »

Le Russe n'a rien dit. Il a regardé la route devant nous avec des yeux entièrement blancs.

REMERCIEMENTS

Je tiens à remercier J. David Osborne pour avoir cru en mes mots bizarres. Travailler avec toi a été un honneur autant qu'un plaisir. Tout mon amour, *hermano*. Rios et toi *son familia*.

Je voudrais aussi remercier Ady et Gabi, *por lo de siempre, por todo*.

Rios de la Luz et Steve Lowe, qui ont lu très tôt des pans entiers de ce roman et qui ont grandement contribué à l'améliorer. Vous êtes des amis, des écrivains et des personnes extraordinaires. Tout ce qu'il y a de bon dans ce livre, c'est à eux que je le dois.

Matthew Revert, où serais-je sans toi ? Merci pour tout.

Pour leur amitié, leurs encouragements, leurs inspirations, j'embrasse et remercie Jeremy Robert Johnson, Brian Allen Carr, Bill Minutaglio, Jerry Stahl et Cody Goodfellow, le génie tordu à qui vous devez ce mystérieux seau blanc. *Un abrazo enorme para* Isaac Kirkman, le visionnaire des mots qui a pris le train de cette aventure en marche et qui a eu, entre autres, l'idée du *visionero* qui ne cligne jamais des yeux. Garde la lumière, poète de la rue !

Il y a également tout un groupe de gens fantastiques qui sont devenus pour moi une véritable communauté. Ils m'inspirent au quotidien et m'aident à garder les pieds sur terre, alors merci à Cameron Pierce, Adam Cesare, Michael Kazepis (le titre de ce livre ? c'est lui), Michael J. Seidlinger, D. Foy, Constance Ann Fitzgerald, Ryan W. Bradley, Eddy Rathke, Tiffany Scandal, David James Keaton, Carlton Mellick III (sans toi, je serais pas là, mec), Sean et Jessica Leonard, Noah Cicero, John Skipp, Laura Lee Bahr (*squee !*), Grant Wamack, Michael Allen Rose, Sauda Namir, Shane Cartledge, Ryan Harding, Joseph Bouthiette Jr., Josh Myers, Jeff Burk, Brian Keene, David Bowles, William Pauley III, Jamie Iredell, Kelby Losack, Dyer Wilk, Brian Allan Ellis, Jim Ruland et David W. Barbee.

Merci à tous ceux qui m'ont apporté un soutien inattendu que je ne méritais pas : Steve Pattee, dit « Boo », Daniel LaPonsie, Michael Sean LeSueur, Benoit Lelievre, Vincenzo Bilof, Scott Cole, Tim Marquitz, Adrian Shotbolt, Christoph Paul, Reagan Butcher et Jackson Ellis, qui m'a appris à jouer avec les mots.

Puisqu'il s'agit là de mon premier roman « noir », j'adresse un salut tout particulier à Jedidiah Ayres, Nik Korpon, Joe Clifford, Tom Pitts, Anthony Neil Smith, Keith Rawson, Craig T. McNeely, Court Merrigan, Rob Hart et Paul J. Garth.

Gracias a los amigos de siempre : Trobi, Manu, Gambi, Perla, Willie. *Se les quiere, cabrones.*

A todos los barrios del mundo y su gente buena et à tous ceux qui, comme moi, sont venus aux États-Unis pour suivre leur rêve, je vous souhaite de trouver ce que vous cherchez. Et *gracias a la Santa Muerte*.

MIXTE
Papier issu de
sources responsables
FSC® C003309

10/18, une marque d'Univers Poche,
est un éditeur qui s'engage pour
la préservation de l'environnement
et qui utilise du papier fabriqué à partir
de bois provenant de forêts gérées
de manière responsable.

10/18 – 92 avenue de France, 75013 PARIS

Imprimé en France par CPI

N° d'impression : 3041032
X07742/01